孤独北望

尹文峰中、短篇小说精选

尹文峰　著

中国社会出版社

图书在版编目（CIP）数据

孤独北望：尹文峰中、短篇小说精选/尹文峰著．—北京：中国社会出版社，2015.12

ISBN 978－7－5087－5195－5

Ⅰ.①孤…　Ⅱ.①尹…　Ⅲ.①中篇小说—小说集—中国—当代②短篇小说—小说集—中国—当代　Ⅳ.①I247.7

中国版本图书馆 CIP 数据核字（2015）第 273469 号

书　　名：孤独北望：尹文峰中、短篇小说精选
著　　者：尹文峰

出 版 人：浦善新
终 审 人：李　浩
责任编辑：王巍令　　　　责任校对：高建春

出版发行：中国社会出版社　邮政编码：100032
通联方法：北京市西城区二龙路甲 33 号
电　　话：编辑室：（010）58124812
　　　　　邮购部：（010）58124848
　　　　　销售部：（010）58124845
　　　　　传　真：（010）58124856
网　　址：www.shcbs.com.cn
　　　　　shcbs.mca.gov.cn
经　　销：各地新华书店

中国社会出版社天猫旗舰店

印刷装订：中国电影出版社印刷厂
开　　本：170mm×240mm　1/16
印　　张：11.75
字　　数：149 千字
版　　次：2016 年 1 月第 1 版
印　　次：2016 年 1 月第 1 次印刷
定　　价：35.00 元

中国社会出版社微信公众号

谨以此书敬献给我感恩、铭记的人们

谨以此书敬献给我坦然面对、欣然接受的人生

目　录

十六岁的夏天

初中的所有课本都要锁在柜子里了，可以上高中了。

十六岁那年的夏天，在梦里我多次这样高呼。

然而，两千块钱的学费一直没有着落。爹早就发话了："伢子，你不要怪爹不讲情理，要怪只能怪爹没这个能力，两千块钱对咱家来说不是个小数目，这样吧！今年夏天你自己想办法挣一千块钱，剩下的钱我想办法凑。"

爹说这番话的时候，眉头紧锁，额前几道深沟油渍渍的。

我知道爹的难处，对他说："爹，你放心，我会想办法。"其实，说话的时候我心里也没底，不知该怎样去挣够一千块钱。后来我就对四叔说了。

四叔说："文峰，这样吧！我的农药不卖了，你去做农药生意，这段时间农药生意还蛮好哩。"

"叔，那你干啥？婶她会不会怪你呢？"

“不碍事，你去卖吧!”

四叔还把批发农药的点和几个熟人给我介绍了。四叔说：“文峰，你对他们说是我的侄子，他们不会欺生。但叔有一点必须告诉你，挣不挣钱关系不大，注意安全，小心来往的车子。”

“好哩，叔你放心就行。”

当天，我就把打算对爹说了。爹说：“做农药生意还可以，但不要进假农药，要多留几个心眼儿。”

“冒事（没事），叔与他们熟，他们不会骗我的。”

爹没说过多的话。从他的眼神里我能看出来，多多少少隐藏着些许内疚。

第二天，我就正式去一个叫茶山坳的地方进农药，从家到茶山坳有三十公里左右。

夏天里，我骑着没有刹车、没有前后雨板的自行车上路了。心情还不错，与沿路冉冉升起的朝阳一样，充满了希望。

到了地点后，我对批发农药的老板说：“今天我叔志国有事不来了，他叫我批两箱甲胺磷，两箱杀虫霜回去。”

“哦，没事，志国和我很熟哩，你代我向他问个好，农药你放心拖去就行。”老板人还不错，没欺生。

把钱给他后，还是他帮着一起把四箱农药捆好的。平时不抽烟的我，出家前，爹塞给我一盒他平时省下来的一块二毛钱一包的“湘莲”牌香烟。此时，我立即给老板递上一根烟，还不失时机地说了一句：“往后请老板多关照。”老板边笑眯着眼，边用刚才那双帮我捆农药还未来得及擦洗的大手摸了摸我的头说：“伢子，放心吧！我和志国很熟的。你自己骑自行车要多注意点，还这么小呢。”

“好哩！谢谢叔叔了。”

没想到老板还挺和善。还说往后有时间上他家玩。

农药批回来后，四叔让我就在公路旁的樟树下卖。四叔说："如果有人问的话，你就说帮我卖哩，他们一般都认识我。"

"好的叔，我就这么说。"

在送农药去樟树下的路上，我还兴高采烈，可真要蹲下来卖农药却很害羞，脸上有些火辣辣的，就感觉自己和集市上被买主来回挑选的牲口一样。既盼望着有人来买农药，又怕人来买。

把农药放在公路旁的樟树下不多时，就有人来买了。

来人是邻村的一个长辈。他人还未到我跟前，就喊开了："哟！这不是锣塘村桃子的崽吗？你小小年纪就学会做生意了，那长大了可了不得。"听到他的话，我的脸一下子红了，连正眼都不敢看他，好像一个做错事的孩子。

他问我学生伢子怎么不好好读书，而来卖农药？我说学校放暑假了。并特别强调这是帮我四叔志国卖农药。

他说："这样不错，也是勤工俭学，再说，书读得再多也是为了挣钱，还是早些学会做生意挣大钱好。"他边说着话，边从农药箱子里把整瓶的农药提出来摇，看哪一瓶农药多一点。还说这次的农药比上次的少。看着他选农药的样子，再加上他说话的腔调，我有些反感，也有点瞧不起他，皱了皱眉头说："都是五百毫升，哪一瓶也不会多多少。"

"反正下午没什么事，随便看看，要真多出一盖子，那又可以多杀几分地呢！"他说。

一下午卖了两瓶甲胺磷，两瓶杀虫霜，总共挣了两块钱。真正的畅快只是一闪而过，之后我却高兴不起来。因为假期总共才五十来天，如果每天只挣两块钱的话，只怕到开学的时候也不会超过一百块钱。

傍晚时分，当我推着差不多还是整箱的农药回到家里，爹并没有为我挣了两块钱感到欣慰。他说："一天才挣这么点钱是很难挣够学费的，你自己还得努力。"

“我知道了。”回答爹的话时，我没有看他，只顾把农药从自行车上往堂屋的泥地上搬。

在往后的日子，我照着四叔说的做，不仅卖液体农药，还卖杀虫粉、除草剂等，这样每天挣的钱稍微多一点。

为了挣够一千块的学费，我每周都得骑自行车去茶山坳。

烈日下，柏油路被晒得成了一条上下飘浮的黑带子，老远就能看见汽车随着飞扬的热气上下跃动，我就与这条来回六十公里的柏油路进行亲密接触，和无数辆相似的汽车同向或反向擦肩而过。强烈的阳光刺激着我的眼睛，并将我的皮肤晒得油黄油黄，我心里却挺得意，我感到自己长大了，可以挣钱了，对未来充满了憧憬。

每瓶农药一般只挣五毛到一块钱，骑自行车每次能带四箱，进一次农药差不多能挣四五十块钱。正常来说一般只挣不赔，可也有意外事件发生。

一次我骑车带着四箱农药，在一个下坡转弯处车速过快，对面来了几辆大货车，因为没有刹车，我就急着用拖板鞋踩前轮胎，但刹车太急，又是下坡，人和自行车都失去了重心，一下子连人带车重重地摔在了柏油路的水泥沟里，我的半边脸、双手、膝盖都被擦破了，全身上下流着血。

然而，心痛的不是自己摔倒了，大不了留个疤，最令我伤心的是那四箱农药。甲胺磷是玻璃瓶装的，两箱全部摔了，一百八十块钱全部没了，幸好杀虫霜是橡胶瓶装的。我呆坐在原地，看着满地的破农药瓶，闻着刺鼻的农药味，特难受！可就是不想起来，整个人都木了，我不知道该怎么办。那一刻，脑子里只剩一片空白。

这件事后，我专门花十几块钱把自行车的前后刹车装上了。

因为那时候没电话可打，其实即便有电话我也不会舍得花钱去打，茶山坳农药缺货的时候，我就得“放空枪”了。有时还得去衡阳西渡进农药。去衡阳西渡进货实在是万不得已，因为那要过河，所以就得坐车坐船。

于是，我拿着一根扁担、两条绳子出发了。

去的路上可用一路顺风来形容，而回来的路上就不是那么如意了。

为了节约车费，我一次性进了四箱。四箱农药有八十多斤，挑在肩上很沉，但一想到能挣到钱，挣够一千块钱就能上高中，我心里还是蛮轻松的。

过河时，本来我是两箱两箱分开绑的，按理说应该只收我两张货票，但人家硬说四箱农药，就必须买四张票，大概售票员一眼就能瞅出我是一个农村来的学生伢子，明摆着多收我两张票我也没脾气。而他还说什么没钱就别坐船，小乡巴佬。听他这么说我心里特生气，就回敬他："乡巴佬怎么啦？你不就一个卖票的吗？"

那个卖票的狠狠地剜（方言，瞪的意思）了我一眼，再没说什么。

过了河后，坐公交车就麻烦了。一看是农药，售票员就说："我们不拉有毒物品。"刚搬上车又被赶下来了。

再后来，另外的售票员也说："拉也可以，每箱多交两块钱。"得了吧！我不坐了。后来，我花五毛钱从报摊上买了一份报纸将农药箱子盖上，这回坐车才好点，但还是多交了两块钱的货票。由于从西渡到我们家没有直达车，还要再转一次车，转车的地点就在茶山坳。

烈日下，植物都被晒得低下了头，知了在公路旁边的樟树上发出一声声低沉的叫声，好像它也像我一样诅咒着毒辣的太阳。

汗水不知流了几个轮回，过往的行人特别少，而公交车却是挤得满满的，公交车司机都是从城镇往返于农村之间，一见我挑的货就知道是农药，我拦了六次车，每次人家停下一看是农药，脸马上就是晴转阴，关上车门就走人。

烈日似乎有着无穷无尽的热能，非常慷慨地向大地奉送，风好像也被蒸发了，我的汗水不停地往外冒。虽然不远处有饮料和不时飘来卖饮料的号子声，我的眼在动，嘴在动，舌头也不停地舔着嘴唇，然而一瓶矿泉水用四瓶农药才能挣回来，再说，只要烈日存在，我喝的水就会立刻被汗水带走。

又过了好几辆车，停车的动作和售票员的表情都是从前几辆车上复制下来的。我越来越急，越来越气，也感到很茫然。

又一辆公交车开过来了，车停下了，从车门里探出来一张稚气未脱而又黝黑的脸。我一瞧，是同学赵水平，四目相对之后，我的农药顺利搬上车。可有些乘客不愿意了，说："你这车咋回事，连农药也拉，是不是想让我们都中毒？"

"我拉怎么啦！"同学赵水平没好气地说。我用手捅了一下赵水平，示意不要去理会他们，可有些乘客还在嚷嚷着。

这时，司机（赵水平他爹）说："平子，怎么回事？"

"爹，冒事（没事），同学一会儿就下去。"

"哦！"

……

十六岁的夏天，陪伴我最久的就是农药和自行车；十六岁的夏天，我都在柏油路上奔波，看过无数次如飘带一样上下浮动的柏油路和无数辆变了形的汽车；十六岁的夏天，我没有挣够一千块，确切地说我只挣了五百零三块两毛钱，而人却被烈日削去了一圈，皮肤盖上了一层深厚的颜色，脸上、手上、腿上留下了几个黑黑的印子。

没有挣够一千块钱，脾气倔强的我虽然心中仍然渴望上高中，但我硬是没有再向爹提起上学一事。爹也没有说起，每次看我的时候，眼神都有意识回避。

夏天的尾巴犹如一轮夕阳怀抱着绯红晚霞映红了天空一样，却没有留下任何其他身影。

在农忙的打稻机旁，爹对我说："文峰，既然书没读成，现在征兵开始了，你去试一下吗？如果体检合格就去当兵。你也知道，当兵对于农村伢子也是一条出路。"

"无所谓。"我边说，边干我的活。

看我如此回答，爹也没再往下说，依旧弓起背，不停地割着稻子。

过了一会儿，坐在秋收的田埂上喝水的我突然问：“体检是免费的吗?”

“啊?! 对，对，是免费，吃饭也是公家包。”爹说。

“反正不读书了，体检又是免费，那就去试一下呗!”我漠然地说。

爹听我这么说，也再没说什么，又埋着头继续割他的稻子，屁股刚好冲着炽白的太阳。

报名参军?! 说实话，我只当随便说说而已，甚至还有些赌气的成分，心里真正的向往还是那校园里的读书声。却没曾想到，爹这回非常积极地给我在村支书那儿报了名，直到村里通知去镇上体检，我才恍然大悟，老爹说的是真的。当时我不高兴地说：“幸好报名不交费，否则你又不会说话了。”

对于当兵，只不过是儿时的一个梦而已，感觉离自己是件很遥远的事情。因为之前听说过，现在这年代流行的是好铁用打钉，好男该当兵。

我想，反正书也不念了，又没其他事可做，如果能当兵也未尝不可。再说，小时候也向往过。我有一个同学的哥哥在部队，经常给他写信，还寄过好几张照片。读着他哥的来信，感觉部队特神圣，军人好了不起。看着照片上他哥那个精气神，好多女同学都说到时找男朋友就该是这样的。加上体检又不交钱，还能混几顿饭吃，又何乐而不为呢? 也免得在家里跟爹大眼瞪小眼，谁看谁也不顺眼。

出乎意料的是，长时间与泥土打交道的我，头脑简单，四肢发达，身体还不错，一路绿灯，就连刚开始担心的体重也因体检的伙食吃得好，撑得满满一肚子，还超标两斤。

记得去镇上体检前妈说：“吃饭斯文些，不要让人家说。”可到了饭桌上，局面就根本控制不了，吃着平时只有喝喜酒才能吃到的饭菜，“准兵”们一个个原形毕露，哪个都像冲锋的战士。

在县里体检时，尽管县武装部和县招待所到处被参加体检的“准兵”和“准军属”们填满，但我的体检还是比较顺利。体检时我发现了一个公开的秘密，好多人都在想尽一切办法与接兵干部套近乎，一个个脸上堆满了变了形的笑。而接兵干部的眼光似乎永远都是高高在上，冷漠中溢出的全都是神气，而我和爹只能远距离地向他们仰视，因为围着他们的人实在太多。

我对爹说：“刚才在里面体检时，好多人都给接兵干部和医生递烟了，是一包一包的。”

爹知道我没有烟。他说：“要不，我们也去买包烟。我在外面也看到好些家长在与他们搞关系。”此时爹说话的表情显得没有底气，额头上甚至渗出了细汗。

“没事，当得成就当，当不成就拉倒。学都没上了，还有什么好说的。”我的话里明显有些讽刺，爹也能听出来。

他沉默了一会儿，带着商量的口吻说：“这样吧！要不咱们去买点橘子送给他们，也不贵，又是土特产。”

“谁稀罕，人家部队干部会在乎这个？”

“那总比什么也不送强吧！”爹的声音比较低。

“随你便！”

爹说：“你在这儿等着，我去买，你不要走远了，等下不好找。”

我点了点头。

趁着爹去买橘子的空，我打听了接兵干部的住处。

走在“送礼”的楼梯上，爹问我怎么说，说什么。

我说我也不知道怎么说。“要不这样，把我的名字和住址写张字条放在袋子里。如果他们拿橘子吃肯定就能看到。”我又说。

“行，还是读书伢子有办法。”

于是，我又跑下楼去找了纸笔，把自己的情况简单地写了写，特别是发挥自己写作的特长，写了一篇情真意切的《军营梦》，我相信知识能改变人的命运。

我们刚到四楼的接兵干部住处，他们正准备去吃饭。我们笑容可掬地对人家赔着笑脸。尤其是爹，那张被太阳晒得失去本色的脸，一笑就让皱纹挤得不成形。

爹边笑边点头，说："同志，你们辛苦了，一点小意思。到时多关照我这伢子，我这伢子不错哩，能吃苦，能干活，学习又很棒。"爹说这话的时候，我感到自己又像市场上等待出售的牲口一样，很不自然。

一个年轻点的接兵干部笑着说："为人民服务。东西你们拿回去吧。"

爹示意我把橘子送进去，可我站在那儿失去了重心，脑子里一片空白，不知该做什么。爹又推我，这时我才醒了过来。于是，赶紧把橘子往他们房间送。在放橘子的时候，我看到了一张熟悉的面孔，好像是在眼科督检的张营长。他正在擦皮鞋。我不失时机地喊了一句："营长好，我是和罗荣桓元帅一个乡的文峰，到时照顾我点，我真的很想当兵，我一定会当个好兵，会给营长争光。"

张营长看了说："哦，知道了。小伙子，没关系，是好兵苗子我们不会放过，回家安心等通知吧！"

"是，营长。"

末了，张营长用他刚擦完皮鞋的手，拍了拍我的脑袋。我迅速地把那篇文章和简历塞进了他的手里。他接过去，看了一眼，就和其他接兵干部去吃饭了。

从房里出来，爹问我："刚才那个首长和你说什么了？"我没有看爹，望着楼梯说："什么也没说。"

等我们从县里回到家，已经是晚上八点多了。如果坐车的话应该快些，可一路上爹也没说坐车走，我知道要花他两块钱那简直比虎口夺食还难。

在等待入伍通知书的日子里，我去了一个建筑队，跟爹介绍的砌匠师傅学砌房子去了。每天包吃包住，大工师傅十五块一天，我是学徒，就算小工，每天十块。

虽然张营长对我那么说，但我心里总感觉没底。因为我们村里今年有两个体检合格的，人家有关系，自从县里体检回来，就一直住在镇上的亲戚家。据说他亲戚和镇武装部长住在一个单元楼里，关系不一般。

一天晚上，为我当兵的事，家里专门杀了一只嫩鸡宴请了村支书。

从村支书那儿，我爹得知，全镇总共才二十二个农村指标，身体合格的有二十八个，这还不算退伍后有安排工作的城镇兵占农村兵的名额。

从村支书那儿，我爹又打听到消息，我们村因为连续八年没有一个当兵的，所以这次要给一个指标。

本村的小海这回希望最大，人家光请镇武装部长就请了三顿酒，如果你文峰也想当兵，那就得想办法活动活动。

自从爹那儿得来消息后，我对部队的憧憬就与日俱增，每天跟着师傅学徒，难免心不在焉。一次抛砖的时候，没抛好。砖垂直掉在了我的脚上，幸运的是没砸在头上。由于穿的拖鞋，脚上的血顿时把红砖染得更鲜红了。

这下好了，入伍没戏了，活也不能干了。在家里，越想越憋气，越想越难受。

一天清晨，趁家人不注意，穿着黑布鞋，骑着自行车，我对谁也没说就去县里找接兵干部张营长了。

我一会儿推着自行车，一会儿骑着自行车，五十多公里的路途终于甩在了屁股后面。到达县里，张营长却不在，有接兵干部说他去荣桓乡接兵了，就差一个。后天人接齐就要回部队了。

我转过头，就往镇上跑。尽管黑布鞋已被受伤的脚流的血浸湿了。

张营长和我们镇武装部的刘部长也在焦急地等我。后来才知道，昨天，我们村的小海因为得到今年肯定能当兵的消息后，喝酒骑摩托车摔伤了，现正在医院。

因为到我们村尽是山路，特别不好走。刘部长嫌麻烦，说算了，随便抽一个吧！反正想当兵的到处都是。但在这个节骨眼上，张营长想起了我，想起了和罗荣桓元帅一个乡的我，想起了我的那篇文章。看张营长非要我，刘部长才“想”起了我。

等我晚上九点多钟赶到镇武装部时，刘部长与张营长正在镇里招待灶上吃饭。老爹就在武装部门前坐着，也不知道他吃饭了没有，反正我一天是滴水未进。看着我回来了，他很激动，又心疼地问脚怎么样了？我没理他，就直接去了招待灶。

此时，刘部长看着我，笑眯眯地冲我说：“你这个小文峰，都去哪了？害得我们张营长这么找你，来来来，赶紧给首长敬杯酒，以后可就是张营长的兵了。”

此时，我向后扭头看了一眼，看到的只是爹迅速移动的有些佝偻的背影。不知为啥，那一刻，我的眼里布满了久违的泪水，烫烫的……

那一天

那一天里发生的那一幕，是镜头里一组滤过的记忆。

那一天和平时没什么两样，太阳依旧伸着懒腰，晃晃悠悠地从树林子里跃出，雪花打着旋儿和我们一次又一次地亲密接触，就连白杨树也照样欢快地唱着“呼啦啦”。可我与昨天的我就不一样了，就拿胡子来说吧！比昨天长得更长了，一摸还扎手。

班长是山东沾化人，那一天我清楚地记得他多吃了五个馒头。我问为什么吃这么多馒头，班长拍拍我的脑袋说：“孔子曰吃馒头爽也。”班长说得简单，我却不明白吃馒头与孔子有啥子关系。

那一天，我本想去训练场上看免费的“人间喜剧”，因为以前每次新兵营会操总有几个“迷糊蛋”在训练场上“冒泡泡”，总会把观众逗得乐弯腰，和赵本山演的小品一样逗人。

可班长的心情一灿烂，就忘乎所以，找不着北，让平时队列很一般的我也参加了会操。

其实，那一天，全班所有新兵都陪着我，还把我夹在了中间，连影子都找不到了。可上了训练场，我脑子就发晕，觉得自己是站在了一条左右摇摆的船上，分不清东西南北，也分不清哪儿是河，哪儿是天，所以，连最简单的齐步走也顺拐了。

就在我发晕的时候，我却清醒地发现好多双熟悉或不熟悉的眼睛在盯着我，有的脸表情机械，有的脸表情丰富。最有意思的要数那些女兵，她们笑弯了腰，笑翘了眉，有的还捂住了鼻子。于是，我齐步走得更欢了。脑子里不停地想着女兵的笑，尤其想知道哪个女兵最能笑，哪个笑得最灿烂，她们为什么这么笑。我在想，新兵都说我像刘德华，难道她们也发现了这个公开的秘密吗？

齐步走完了，可她们还在笑。

是齐步走的动作特潇洒？不会吧！如果是齐步走得特潇洒，那班长怎么老说我走得不好呢？肯定是女兵本来就爱笑，特别是看到像刘德华而又不是刘德华的我走齐步顺拐了，所以她们就有理由更爱笑了。

女兵爱笑，为何男兵却用一张张难看的脸冲着我呢？尤其是我们连的兵们和站在一旁的连长、指导员的脸都变了形。是不是女兵笑了他们就不好意思笑，故意装出这个样子呢？算了，不管了，反正连长和指导员那两张脸就是笑也不如女兵的脸好看。当然，我并不知道女兵是真笑还是假笑。其实，我也没必要去追究到底是哪一种笑，只要能看到女兵的笑，不管是哪一种笑，心里感觉舒服就行。就好像我站在摇摆的船上一不小心掉进了河里，而刚好是夏天，我又会游泳，那种爽的感觉只有我自己知道。

要知道，能看到女兵笑是件很不容易的事，能看到这么多女兵一起笑则更不容易了。所以，我宁愿想着女兵的笑是那种发自内心的笑，都是冲着我笑，我也不愿意去想或去看连长、指导员那两张绷得老紧又能天天见到的脸。

正步踢完后，因为女兵还在冲我笑，我就更晕了，好像我刚掉进河里，就被一条大头鱼撞了一下鼻子。

会操完毕，班长被连长批得狗血喷头，班长的脸也随着连长批人的语气一会儿红一会儿白。

既然班长被连长批了，那我们也得做好迎接挨批的思想准备。虽然如此，我却还在一旁乐，因为有那么多的女兵都在冲我笑的同时也冲着班长笑。

然而，没过多久我就高兴不起来了，我的大脑告诉我，女兵的笑和班长的挨批都与我有关。

大家都说我长得像刘德华，而全班全连像刘德华的只有我一个，所以“冒泡泡”的事也理所当然由我这个“明星”来承担。于是，我由自责升级为内疚，同时，也将班长挨批时的心情复制到了我的心情内存。但随着一阵风从我头顶刮过后，回收站里不愉快的心情内存又都被清空了，之后，又感到无所谓了。俗话说：“东风吹，战鼓擂，除了藤原纪香，我刘德华怕过谁。”

于是，我的思绪又回到了女兵笑的那一幕。

为何早不“冒泡泡”晚不“冒泡泡”，偏偏在女兵笑的时候冒个大泡泡呢？其实，这不应该怪我哩，要怪也只能怪那些爱笑的女兵，如果不是她们都冲我笑，我肯定就不会“冒泡泡”，我不“冒泡泡”齐步就肯定走好了，齐步走好了，踢正步肯定也会百分百的正点，班长也就不会挨连长的批，脸也不会成为变脸，更不会像一朵喇叭花。不挨连长的批，班长的脸肯定就会和女兵的笑一样灿烂。可我不“冒泡泡”那女兵会笑吗？如果女兵不笑，“冒泡泡”又有什么意思？

回到班里，班长并没有和以往那样猛批我们，更没有提起女兵笑的那一档子事，而是一个人靠着窗前，目光直直地远眺前方。班长猛吸着烟，他那张我们熟悉的脸很快就在烟雾中变得模糊了，好像被一朵大喇叭花覆盖了一样，再仔细一看班长的脸，才发现和连长、指导员那两张紧绷的脸差不多。

班长很快就抽完了第一支，接下来就抽第二支，这回全班的新兵谁也不敢去上烟，也不敢点火，不知为何。班长一个人乐了，和女兵笑得一样芬芳，像喇叭花在一瞬间盛开了一样，一不小心还“溜”出了几滴泪，和花叶上的露珠一样晶莹剔透。而班里的新兵一直都在分析那些女兵是不是冲自己笑，如果是冲自己笑那该是件多美的事呀！于是，他们宁愿相信女兵是冲自己笑，也不认为是冲这个像刘德华而不是刘德华的我发笑。再说，每次参加会操都有那么多男兵，而女兵都没有笑过，唯独我们班上场就引起了她们的哈哈大笑。之后，新兵们就悄悄地相互臭美开了：“你看我像张学友吗？你看我像周杰伦吗？你看我像郭富城吗？”正在大家说你的屁股像，他的嘴巴像时，突然，一个声音高呼：“同志们啦，统统地、快快地给我过来，立正站好了，你们看看，你们看看，怎么关键时刻，给、给、给我‘冒泡泡’呢？还惹来那么多人笑，尤其是那个叫什么小芳的女兵笑得牙都快掉了；还有那个叫什么、什么艳的小女兵，你们、你们湖南衡东的老乡，对了，就是那个叫‘百分百湘妹子绝版’的那个，她才乐呢！你们看到她是怎么乐的吗？都乐得我看见她请了好几趟假往训练场外跑，你们知道她是往哪儿跑吗？她是往那个‘WC’的地方跑。同志们啦！你们知道今天是什么日子吗？咳！不说了，算了算了，你们看是沧海一笑还是一笑而过吧！你们自己看着办，反正女兵的笑你们都看到了，解散。”

班长的批评和他本人一样很有特点，所以我们认为这样的批评很有意思，就想着再批一回也应该是件美事！于是，我的思绪又回到了训练场，回到了女兵笑的那一幕。

“百分百湘妹子绝版”，一个引无数男兵竞折腰的小女兵。有的说她像宋祖英，有的说她像陈思思，还有的说她像刘璇，反正有一个公认点，这样百分百正点的湘妹子如果没搞错的话，肯定是绝版。长得到底啥样？只要你看到她那双水灵灵的眼睛就一定会深呼吸，正如孙悦的“魅力无限”。

大家为啥叫她“百分百湘妹子绝版”呢？那是因为一场联欢晚会……

晚会上既有男兵的影子，也有女兵的笑声。一说新兵营搞晚会，并且是男女兵大联欢，不管是男兵还是女兵都来了精神，反正比看这个像刘德华而不是刘德华的我踢正步更过瘾。男兵精神十足，有的男兵因为自己能参加演出，都高兴得不得了。女兵呢？也不逊色，一个个强烈要求上台，比参加凤凰卫视的选美大赛还迫切。由于节目和参演人员有限，教导员说了，那不能都演，如果都演就没有观众了，没有了观众就失去了笑声和掌声，为了保证观众的数量和笑声掌声的质量，所以就必须确保节目是精品。最后，一些未被选上，在训练场上从未哭过鼻子的小女兵们都伤心了一个月（后来听说的）。

台上男女兵的每个节目都比央视的春节联欢晚会上的节目还惹眼，毕竟这是零距离的对视。台下的男兵与女兵几乎都把眼球飞出来了，当然，男兵看女兵的节目更过瘾些；而女兵看男兵的节目也比看同性的节目更兴奋些；正是这个原因，像刘德华而不是刘德华的我一炮打响，而那个被男兵们称为“百分百湘妹子绝版”的艳和另一个叫小芳的也一举成了名。

都说人怕出名猪怕壮，真是至理名言。

本来，我走我的齐步与谁都无关，我踢我的正步也与谁无关，“百分百湘妹子绝版”和小芳的笑也与谁都无关，可就是因为出了名，走的齐步就能引起那么多女兵笑弯了腰，笑俏了眉，笑飞了泪。而“百分百湘妹子绝版”和小芳的笑则更能引起男兵的注意。

班长观察女兵的笑竟然比我们这些新兵蛋子还仔细，这是我们都没想到的。但也不一定，说不准我们班的哪一位新兵蛋子比班长观察更详细，只是不好意思说而已，当然这也不排除班长发言还有所保留。

就拿我来说，我就认为自己比班长看得认真，如我看到“百分百湘妹子绝版”向她的班长贾瑜蓉借了一条我所熟悉的手绢，小芳笑时把帽子都笑掉了。我能看到这一幕是付出了沉重代价的，正是我冒了一个大泡泡的那一瞬间。其实“百分百湘妹子绝版”不向贾瑜蓉班长借手绢还好，因为她借贾瑜蓉班长的那一条漂亮的手绢正是我所熟悉的，所以我的注意力稍微走了神就冒了泡泡。话又说回来，如果我不认识贾瑜蓉班长也就不会引起我去看那条熟悉而又漂亮的手绢了。

那一天和平时没什么两样，太阳依旧伸着懒腰，晃晃悠悠、晃晃悠悠从树林子里跃出，雪花还是打着旋儿和我们亲密接触，就连白杨树也照旧欢快地“唱”着“呼啦啦”。可我与昨天的我就不一样了，胡子比昨天更长了，一摸还扎手。

我要打电话，去营部取报纸的时间就提前了点。当时，连长、指导员还挺高兴，因为我还给指导员捎了一封写给嫂子的情书。于是，就哼着容祖儿《挥着翅膀的女孩》踏着风一路向营部飘去。

平时正课时间新兵不允许打电话。新兵连与新兵营和新兵团都有规定，我作为连部文书特殊一点，其他同志是不会紧绷着脸的，就连班长也不会打破砂锅问到底，于是我就去了。

当我离电话亭还有几米远时，一个美丽的身影展现在我眼前，那是一个和“挥着翅膀的女孩”一样窈窕女兵的身影，待我走近后，又听到了一串银铃般的笑声，与那一天训练场上女兵的笑差不多。尽管我已在那个女兵后面注视了好久，可她却没发现我，所以，女兵说的话理所当然地被我全程记录下了。她说：“那一天你咋不来送我也不来找我呢？……”女兵的谈话也就成了我往后与女朋友谈恋爱打电话的预备教材，可惜的是，最终事实却证明我失败了。

待那个女兵发现我后，脸红到了脖子根。我“啪”给她敬了一个礼。新兵营有规定，见了同志都要敬军礼，所以，见了新兵班长就更要敬礼了。

谁知我的军礼刚落下，那个女兵的脸和脖子则更红了，更像一个熟透的烟台红富士。同时，我又喊了声“班长好”，那个女兵也笑着说“你好”，便匆匆离去，可她没注意自己的手绢随着转身的一刹那掉在了地下。我发现了，所以就捡起来交给了她。

当我把手绢递给她后，她又不好意思地笑着朝我说了一句谢谢，我则顺便问了一下她的名字。她很爽快地告诉我了——四连一班班长贾瑜蓉。从那一刻起我记住了贾瑜蓉班长和她那烟台红富士一样的笑。

所以，那一天，我总感觉贾瑜蓉班长的笑和其他女兵不一样。

那一天，我冒了个泡泡，而其他新兵却一起挨了批，我心里虽然装着女兵的笑，仔细一想还是有些不好意思。唉！都是女兵惹的祸，如果她们不笑，我就不会冒泡泡；再说，如果班长单独批我一个人，我也好受点，可他把全班都批了，也许班长认为全班同志都看到女兵的笑了吧！

还是班里号称“小灵通”的魏雨心细，他从班长那句未讲完的“你们知道今天是什么日子吗?”里面听出了弦外音。于是，他就跑到和班长关系特铁的王爱义班长那里打听到了一个“绝密”的消息，今天是班长十八岁的生日。

生日，听说在部队过生日是一件很美的事，到底有多美，我还没有亲身经历，从女兵的笑里也找不到答案，在连长、指导员那两张紧绷的脸里也得不到结果。

那一天以前，我们都称班副侯传社为老侯。“小灵通”魏雨将班长生日一事告诉了副班长老侯。得知此消息后，老侯也不敢怠慢，立即召集众小新兵蛋子商量。随即，就达成了一致：为班长只有一次的十八岁生日留一个特别的记忆。

部队过生日本来就有意思，而班长的这次则更有意思。由于在新兵连，班长的生日还需向排长请示汇报，只有得到排长的同意，才能过生日。虽说生日是班长的，可让不让过却是排长说了算。排长同意了，再由排长向连长、指导员请示，最后，连长、指导员和排长一致同意别让我们班长提前知道了为他准备了“科目”。我们请排长一同参加，排长说，十八岁的生日，只有一次，所以我要送他一件礼物。

生日在没有女兵的笑中悄悄来临了。

当然，班长的心情早就被女兵的笑弥补了，更让他心情好的是，没想到晚上除了能回味女兵的笑，还有一个让他百分百感动的理由——十八岁生日。后来，班长惊讶地露出了和女兵一样的笑脸，在我们十一个新兵蛋子的十一张像喇叭花般灿烂的笑脸簇拥下来到插着十八根生日蜡烛的蛋糕前。

首先，由每个新兵蛋子轮流对班长说一句最想说的话。话音刚落，来自陕西耀县的王刚抢着说：“班长，今天是我们迷糊，让你难堪了，其实，与那些女兵笑也有关系，尤其是那个‘百分百湘妹子绝版’和那个小芳……”他话没说完，我又抢着说：“班长，今天最该怪的人是我，都怪我在关键时刻冒出个大泡泡，引来了女兵的笑……”，接下来一个个新兵都对班长说了自己心中的话。

最后轮到班长说话的时候，他严肃的脸上一不小心露出了和女兵一样的笑，他首先咳嗽了几下子。我知道，这个动作他是跟连长学的。

尽管他不像女兵笑得那样灿烂，但还是情不自禁。他略作沉默后，发出了洪亮的声音：“同志们啦，今天队列之事就再也不提了，提也没啥子意思，要提的话就等到下次吧！你们都尽力了，如果没有你们的尽力，女兵肯定不会笑，如果女兵不笑，那我的同志就不会‘冒泡泡’，同志们不‘冒泡泡’，齐步走就比女兵的笑还漂亮。同志们啦，别着急，机会青睐有头脑有思想有准备的人，只要同志们做好充分的思想准备，下次再打一个漂亮的翻身仗，一定要让女兵笑得更欢。同志们啦，在此，我要感谢同志们庆祝我的只有一次的十八岁生日。不管是在家里还是在部队，能和这么多战友一起过只有一次的十八岁生日比看女兵的笑更有意义……”

最后，班副老侯提议大家一起吹灭生日蜡烛。

待班长许下心愿后，只听“噗”的一声，蜡烛灭了，灯亮了，班长的脸上也盛开了一朵喇叭花。

趁班长不注意的一瞬间，早有所准备的新兵蛋子立刻向班长发起了“进攻”，把班长的那张灿烂的脸当成了射击的靶子。当然，这样的射击小新兵们都能打十环，新兵蛋子们举起奶油就往班长脸上涂，将班长打扮成了花脸。

……

那一天终于被浓浓的长夜带跑了，却永远扎在了我们的记忆里。

幸福属于你

男孩与女孩隔着一条河。每天他们都相望着窗灯入眠。男孩说，这是每天里最幸福的一件事。女孩只是莞尔一笑。

每天上学，男孩都骑着自行车风一样朝学校的方向奔去，他觉得那样很酷。而女孩一年四季都是不紧不慢地走在上学的路上。男孩表面上酷酷的，但女孩早已发现了他有一个习惯动作——每次骑自行车超过女孩时，都会不经意地回首扫一眼。

刚开始，男孩看她时，女孩都没有在意，只顾走自己的路，依然是那样的不紧不慢。后来，女孩偶一次与男孩对视了一下，尽管是一刹那，尽管那一刹那里隔着柔柔的晨风，但他们看到了双方眸子里存着自己纯净的影子。之后，他们笑了，笑得很幸福，那种幸福他们心里都明白，犹如一湾池水被春风轻轻地拂过一样，荡起一圈迷人的涟漪。从那天起，男孩的心里填满了美丽的幻想，而女孩发现，原来男孩的笑脸是那么俊朗。

然而，在男孩的心里一直有个遗憾，他一直想实现，却一次次因为缺少勇气而没能实现，他也想了好久好久。终于，在一个大雾的清晨他实现了这个愿望。

那一天清晨，雾很大，一向骑飞车的男孩此次也不敢快了。其实，他的车速还是很快，只是在与女孩相遇后，他的车速就慢下来了。男孩在与女孩相遇前，把手表调快了二十分钟。男孩说：“我带你吧！要不就迟到了，你看都几点了！”

“不会吧！每天我都这个点，怎么会迟到?”女孩有些质疑。

“不信你看表。”男孩微笑的眼神里有几丝狡黠。

女孩看表后确信时间不早了，说：“那我坐你的车合适吗?”说话的时候，她的脸上飘过两朵红云。

“那有什么不合适？我们是同学嘛!”男孩说得轻松，其实心跳如鼓点。

女孩坐在男孩的自行车上，那是她上高中后第一次与他近距离接触，他身上散发的好闻的气息那样令人心动。男孩的双眼里也尽是幸福。

短暂的沉默之后，男孩说：“小时候和你一起玩的记忆经常在我的脑海里浮现，其实长大了我也总想和你玩，可我不好意思。”

“这有什么不好意思嘛！有空你到我班上来找我，我们是老同学了。”女孩的言语比较自然。

“好，我一定。”男孩说。

后来，男孩有空真还经常去找女孩。

……

在高二分班时，男孩和女孩又一次走进了同一个教室。他们同时选择了理科。当然，女孩知道，理科较弱的男孩选择理科是为了她。为此，女孩感动得双眼湿润了。尽管泪有些咸，但女孩却觉得那是幸福的泪。

在高中理科班的岁月里，常常能见到男孩与女孩形影不离的背影。在学习上，他俩互相帮助；生活中，他俩互相关心。

一次，男孩因为前天打篮球着凉，有点感冒。第二天，他为了给寄宿的女孩交伙，不顾体虚，一个人扛着一百斤大米来回上下楼几趟，感冒更严重了。中午就餐时，女孩对男孩说，她想买一个录音机用于英语的听力学习。尽管男孩此时有些发烧，但他在女孩的面前仍旧是一副洒脱的样子，吃完饭就去了县城的步行街买录音机。不凑巧的是，在男孩回学校的路上，江南的小雨已慢慢下大，一路小跑的男孩最终没能躲过。当男孩湿淋淋地把夹在腋下的录音机虔诚地呈在女孩面前时，女孩感动得哭了。

男孩病了，在男生宿舍，男孩一次次看着那个熟悉的背影为自己来回忙碌。许多男同学都笑着对男孩说，我看你病得真幸福。男孩觉得内疚的同时也感到很幸福。当然，他更担心这会影响女孩的学习，他也不愿意女孩为自己而累。男孩明白，自己的身体必须尽快恢复，否则多在床上躺一分钟，女孩就会为自己多操一分钟心。于是，他对她说，我没事了，你不用管了。“你还说呢！自己病了也不告诉我，还冒着雨去买录音机。不行，你一天不好，我一天不放心。”女孩的语气很坚定。面对女孩娇怒的样子，男孩的双目执着地盯着女孩清澈的眼瞳，他仿佛看到了什么。激动的男孩双手紧紧地将女孩的双手按在了自己的胸前，那一刻的寂静包含了太多太久的等待和期盼。女孩绯红的面颊更显得动人，她说，你好好休息吧！等你好了我们一起填志愿。男孩点了点头，突然问，你爱我吗？女孩感到有些惊讶，她没有一点思想准备，有些不知所措。她的脸红到了脖子根，她想点头，但她不好意思点头，她说，你是知道的。

高考的结果出来了，女孩考上了她和男孩都心仪的南京大学，男孩落榜了。

在送女孩去火车站的路上，男孩和女孩是一段长时间的沉默。看着女孩伤感的样子，男孩说，没事的，一个人在外注意照顾好自己，不用担心我，年底我打算去当兵。说话的时候男孩面带着笑容，其实女孩知道，那是男孩为了她不再伤感而强忍的笑。女孩说，我会等你。

男孩远在西藏的军营，女孩是他最重要的一份牵挂。他们相互间的来信很频繁。因为能时常收到她的鼓励，男孩在部队表现一直很出色，第一年年底就被评为“优秀士兵”，第二年就当上了班长，对此，女孩也很欣慰。她说，平时有时间多复习功课，争取考军校时考出好的成绩。男孩笑着在信里写道：“放心吧老同学，我会努力的。”

然而，就在男孩当兵进入第三个年头的时候，他们间的信渐渐少了，确切地说是女孩给男孩的信少了，而男孩也好像预感到了什么。

一天，男孩盼来了期待已久的来信。信上的字不多，却让男孩很心痛。女孩说，他们班有个男生要和自己交朋友，是那种朋友。女孩问她该怎么办。

一向比较温和的男孩此次显得有些冲动。他在信里写道，你自己看着办吧！但愿你会找到属于自己的幸福。

从这之后，男孩与女孩的信几乎断了线，男孩过得很苦闷，他发誓，一定要考上军校。

男孩报考的是南京的一所著名军校的新闻系。因为男孩本来文科就好，当初是为了女孩而放弃了文科，选择了理科，他有写作特长，在这之前已在军内外报刊发表过一些作品。

尽管男孩也到了南京，和女孩同在一个城市，但男孩并没有与女孩联系，并不是男孩不想，他不愿意打扰女孩平静的生活，他感到自己深爱的女孩已经走出了自己的视线，但却一直未走出自己的心田。此时，他只能将这份爱珍藏，化作创作的动力，一时间，他在新闻系发表的作品遥遥领先。

男孩上军校第二学期的一天，他收到了一封从老部队转来的字体熟悉得不能再熟悉的信。

信是女孩寄来的。她在信上说，她和同学分手了。因为毕业，他本来说好了与女孩一起去上海发展，可就在女孩为他俩未来充满幸福的幻想时，他突然说分手吧，因为两人都没有基础，如果去上海这样的城市发展，会很难，为了女孩的幸福，也为了自己的幸福，自己还是分手吧！他还说自己已经爱上了上海的小茜，因为她家就在上海，她已和她爸说了，毕业后就去她老爸的公司上班。

面对他的变心，女孩哭了，她很伤心，于是，她想到了死。一个人悄悄地在宿舍吃了一瓶安眠药，幸好发现及时，才救回了年轻的生命。这期间，他，那个曾经在追女孩时信誓旦旦的他却灰溜溜的连面也未露一下。这时，女孩发现了他的真实面孔。

男孩在信里了解到女孩目前的处境后，专门向学员队领导请假去了女孩那所曾经令他向往崇拜的象牙塔圣殿，见到了他一直朝思暮想的女孩。

看着女孩清瘦的面容，男孩一瞬间泪如泉涌。抚摸着女孩那张曾经看过无数次却一次未碰过的面颊，男孩双目里全是怜惜。

女孩此时的心既有被鞭抽的痛苦，又有被爱温暖的甜蜜，所有的所有都被内疚包围。女孩说，我们好好相爱吧！男孩使劲地点了点头。

女孩毕业后没有去上海也没有回老家，就留在了南京的一家房地产公司。

男孩一到周末就请假去看她，有时男孩不能外出女孩就来军校看他。两个人认为哪怕过得再清贫一点，只要两颗心能深深地相爱，那么他们都会感到自己是这个世界上最幸福的。

一天，男孩的学员队教导员找他谈心，问他是不是在驻地谈对象了，军校有规定，这是违反纪律的。面对教导员，男孩并没有解释什么，他只是向教导员表态，自己无论如何也不会违反规定，请组织放心。

后来，男孩把军校的规定对女孩说了，女孩表示理解，但内心却有些疑虑，这种疑虑没向男孩提起。

当男孩的军校生活进入第三年后，女孩的户口顺利落在了南京。而男孩的学业也越来越紧张了，既要忙自己实习的事，又要忙自己毕业的事，平时与女孩的联系也就少了一些。

男孩从北京的部队报社实习回到南京后，第一件事就是去找女孩。女孩因为公司忙着开发一个楼盘，她正与老总谈业务，所以也未能与男孩见面。男孩有点失落，难免有些忧郁，回到部队后也就没有给女孩打电话。

男孩回军校后的第三天晚上，他接到了女孩的电话，女孩说对不起，自己的确不是故意的。男孩说，可以理解。

另外，男孩还告诉女孩一个消息，他说自己毕业后回西藏。

女孩问，难道你就没有为我们的未来考虑过吗？

为了我们的未来你会跟我一起去西藏吗？男孩问。

西藏有什么好的？女孩有些不解。

因为西藏有纯净的天空，有洁白的云彩，还有我那熟悉的军营和可爱的战友。男孩认真地说。你再好好考虑一下，不要冲动，今晚先说到这，到时见面再谈。女孩说她晚上还有活动。

男孩在电话的另一端笑了笑，你忙吧！幸福会属于你。

第二天一早，男孩就把昨晚写好的回藏申请交给了学员队教导员。其实，队领导和战友们都知道，凭男孩这三年在军校创造的成绩，他完全可以留在大城市。

离军校毕业的日子越来越近了，男孩把个人的物品都整理好了，等待的就是毕业典礼，学院还要给男孩和另外几个赴藏的战友立功，开庆功会。

晚上，男孩接到了女孩的电话。

女孩问，你真的准备回西藏吗？

不是准备，是一定。男孩的语气很肯定。

你去那儿我往后怎么办？女孩问。

没事的，你会拥有幸福。男孩的语气很平静。

你真的一定要去西藏吗？女孩再一次不解地问。

是的，是一定要去的。我在部队的根就是西藏，我不能离开那儿。男孩说。

不知为什么，女孩说着说着就哭起来了。她说，你不要离开我，真的，我们可以很好地在南京生活，我们公司员工买房有优惠价，再说我与老总的关系也不错，还可以照顾一些，如果你硬要去西藏，那我就与你一起去。

算了吧！你还是留在这。再好的生活也不属于我，我需要的是纯净与安详，军人的生活是贫苦一点，但我感到那才是我的追求，我的血管里流淌的是边疆军人的血液。最后，男孩告诉女孩后天他就要走了。

你今天说话怎么这么冷漠呢？女孩问。

因为心里已不存在爱，语言所能表达的肯定是冷漠。男孩说。

不可能，不可能，你不可能不爱我了。女孩追问。

真的，这个世界上没有什么不可能，爱与不爱也是一样的。男孩说。

女孩在挂电话的时候，哭还未停止。

其实，明天，男孩就要上车了。因为他不想看到女孩难过的样子。他知道，如果自己答应，女孩肯定会与他一起去西藏，他怕苦了她，因为他还深爱着她……

第二团长

下面开个会，关于李小飞最近不听话的问题。我希望大家往后都不要和他玩了。

我说一句。这个李小飞真是太不像话。上次竟然到我这儿说小军的坏话。

是啊！李小飞胆子是越来越大了。有时候根本就不把我们放在眼里。

……

寒假的一个下午，团部家属院里，有人正在开会。

组织会议的就是小军。别看与会者小军年纪不是最大的，但大家都听他的。缘何大家都听他的呢？

原来，小军他爸大军是团长。

刚才开会的是团长的小孩小军、主任的孩子小明，还有参谋长的孩子小林。

平时，这些孩子们都是以小军为中心，先不说小军爸爸是团长，就光冲小军的大方劲儿，孩子们都喜欢和他玩。

每次放学回家，小军就要请和他关系不错的几个死党吃东西，就算没现钱，记了账他也要请。再说了，这谁都知道部队的等级特别森严，下级对上级只有服从，没有理由。因为小军他爸是团长，所以小军在无形中就有着自己的威信。平时又经常请客，俗话说得好，吃人家的嘴软，拿人家的手短，其他孩子们还从来没有对小军说过半个不字。你想想，在一个团里面，有谁敢对团长说个不字呢？如果有，那还了得！

这次开会，的确是事情非常严重了，再不开也是不行了。

李小飞竟然几次仗着大人在，给小军难堪，小军命令他跑一回腿，他却回答，爱谁去谁去，我才不去，反正我爸不打算在部队干了。

要是其他小孩，有谁敢这样对自己说话，那小军就会合参谋长的孩子小林、主任的孩子小明一起给李小飞点颜色看看。可恰恰李小飞不能打。小军早就听说过，李小飞他爸正在闹转业，说不定到时因打李小飞闯下什么祸可不好了。

李小飞他爸怎么会闹转业呢？其实并不是闹，而是有特殊情况。

李小飞他爸原来是一个营长，在带领部队执行一次任务中受了伤，左腿截肢了。休养了近一年时间，等病养好了，营长也没的当了。平时在团机关也闲着，所以就打算报请转业。他本来想，自己既然不能给部队干什么活，也就不想给部队添什么麻烦。再说，如果根据实际情况，能转业进地方残联，说不定还能干些具体的活。由于第一次报请转业没有批下来，机关就传了些闲言碎语，其实什么事也没有。这不，今年又打转业报告了。

另外还有一个原因就是李小飞也有几个死党。别看那几个小家伙表面上不说啥，心里头却对小军有想法，只是迫于小军爸爸是团长。

刚开始他们还都挺听小军的话，之所以出现这种局面，还是事出有因。

一次，小军带着小孩们在团部大院玩。因为都是团部家属院的孩子，平时也经常进进出出，站岗的战士们也没说啥，于是，小孩子们在小军的带领下，就大摇大摆地进了团部大院。

一帮小孩，这里看看，那里瞧瞧。团部机关的干部战士，谁也没在意。

有天夜里，参谋长小孩小林跟着参谋长一起值班，刚好那天晚上搞了一次消防警报拉动。当时小林还没睡，就跟着参谋长看了全过程，他觉得特好玩。这回小林给小军出点子说，谁要是把那个警报拉响了，就绝对有好玩的看。

本来小军想自己试试，但小林示意他不要亲自试。于是，小军就命令另外一个小孩小兵去拉，并说，发生什么事我顶着。小兵心想，反正小军老爸是团长，他说咋干咱就咋干。

既然小军发话了，小兵也没想太多就给拉了。结果，一阵急促的警报声就在团部大院里响起。所有在团部大院上班的干部战士都跑过来集合。可到了操场上，啥动静也没有，只是一帮子团部家属院的小孩在哈哈大笑。大家都明白是怎么回事了。

弄得团长参谋长发火也不是，不发火也不是。团长大军就问小军，这是怎么一回事，是谁弄的？

小军一看老爸大军黑着一张虎脸，吓得就不敢承认，并用手指了指小兵说，是小兵干的。

看着小兵，团长参谋长目光直直的，也没说什么。

你说这小兵冤还是不冤，小家伙被吓得哭了。看着小兵委屈的样子，李小飞竟然大胆地站出来说，不是小兵干的，是自己干的。听李小飞这么一说，小兵就一溜儿跑回家了，其他小孩看小兵跑了，也都跟着跑了。

从这件事后，团部出台了新规定，不许小孩随意进出营门。

经历了此事，小军在孩子们的心目中威信大减。

尤其是小兵再也不和他玩了。每次小军主动喊他的时候，他都会说，你是团长，我是兵，你当你的团长，我当我的兵。尽管小军买了好多好吃的给小兵，可小兵就是不要。

不过，小兵反倒和李小飞成为好朋友，做什么事都想着李小飞，其他的一些小孩子也有意识地向李小飞靠拢，尽管李小飞他爸不是团长。

这种局面，主任家小孩小明和参谋长家小孩小林虽不说，但他们都发现了，小军也感觉到了。于是，就出现了开头的那一幕。

他们仨利用放寒假的时间专门开了一个会，进行了分工，小明负责做李小飞的思想工作，小林负责拉拢小兵他们几个，小军则准备找李小飞他爸。

以前，小军睡觉后经常能听到爸爸和妈妈的一些对话，那时他认为这是大人们的事，自己不想去听，也不愿意去听。但这次为了想和李小飞搞好关系，只要是关于李小飞他爸的言语他都注意听了。

晚上，小军还专门提起李小飞妈妈前些日子来部队探亲时对自己好来着。

说来也巧，当天晚上妈妈刚好向爸爸问起李小飞他爸转业的事。听爸爸说，今年应该没什么问题，转业报告前几天刚给报上去了。

在隔壁的床上，小军听到后一个人悄悄地乐了。

第二天，小军就将爸妈的对话内容添油加醋地告诉李小飞他爸了。

尽管李小飞他爸听后心里很高兴，表面上却像没发生什么事一样。他对小军说，小孩子家别乱传话。并且要李小飞领着小军上小飞屋里玩。

等小军走后，李小飞他爸说："小飞呀！听其他小孩说你和小军的关系一般呀！小军这孩子蛮不错哩，你平时要和他搞好关系呀！"

"哦！我知道了。"虽然李小飞心里头还是有些别扭，但爸爸的话小飞是最听的。

主任家小孩小明这几天也老往李小飞家跑，一会儿找这个理由，一会儿找那个理由的。还趁小飞高兴时说："小飞，你不是喜欢打乒乓球吗？咱们团部这些小孩里面要数你的球打得最漂亮，过几天我们搞次乒乓球比赛你看可不可以?”

“好啊！放寒假后我们还没有什么活动呢。到时你们搞好了就喊我吧!”李小飞一听小明夸自己乒乓球打得好，心里就乐开了花。

“你放心，这事就包在我身上了。”小明说。

参谋长家小孩小林这两天也很忙，自从上次会议结束后，他一直在想办法如何拉拢小兵他们几个。

小林想来想去，终于记起了小兵曾经特别喜欢自己的那架苏27式战斗机模型。为了贯彻好“会议精神”，也为显示自己的办事能力，小林忍痛割爱将自己的苏27式战斗机模型借给小兵玩。由于小兵一心想玩小林的战斗机，而这回小林又对自己这么好，小兵当即表态：“你爸爸是参谋长，我爸爸是参谋，平时也得听你爸的，小林哥，往后不管做什么我都听你的。”

小军三人的“会议精神”正在一步步实现。

别看平时李小飞从来不吃小军买的东西，但在接下来的乒乓球比赛中夺了冠军，却毫不客气地吃了蛋挞。那次家属院的小孩基本上都到齐了，大家也都吃了蛋挞。最后主任家小孩小明宣布今天是小军请客。

接着参谋长小孩小林说：“小军他爸是团长，我们往后就喊小军第二团长吧!”

“小军是第二团长，那你往后就是第二参谋长啊!”当大家反应过来这是谁的声音时，眼睛都盯着小兵。

“好，好，那我往后就是第二主任了。”小明倒是自告奋勇，毫不客气。

小孩子们终于在一片“第二团长，第二参谋长，第二主任”的欢呼中结束了寒假中快乐的一天。

团部家属院的小孩们的关系终于融洽了。小军的第二团长也深深地植入小孩们的心里，同时，李小飞也被封为第二副团长。虽然第二主任小明和第二参谋长小林稍有微言，但因为是小军亲自点的，也就不好说什么。当时小军说，给李小飞封第二副团长也不为过，如果他爸不受伤，没准儿早就当副团长了。

当小军和李小飞的关系正在升温的时候，李小飞爸爸的转业报告获上级批准了。

由于李小飞他爸一直未让家属随军，这回转业得回老家湖南长沙，小飞也就面临转学，而且要转就是这个寒假。

春节期间，李小飞他爸打算趁着回家找工作的工夫，带着小飞一道回家办理其转学手续。

小飞爸说，到明年开春还要来部队办一次关系，小飞往后跟着妈在家里，就不再来了，好好地和小朋友们告个别。

当小飞把自己要转学回家的消息告诉小军、小明、小林还有小兵时，眼泪洼洼地就流了一大片。

小军安慰小飞说，我们都舍不得你走，可这部队是铁打的营盘流水的兵。没关系，回家后可以给我们写信打电话，我们会想念你的……

真正走的那天，在送李小飞的人群里，除了第二团长小军、第二主任小明、第二参谋长小林以外，还有小兵等，整个团部家属院还有周边村庄的同学也都来送行了。而李小飞他爸除了同住在团部家属院的几个左邻右舍出门打了个招呼。没有看到团长，也没有看到主任，更没有看到参谋长的影子。

逝去的天空

我停飞了。

那是一个阳光明媚的下午，我正准备踏上战机。

今天师长领飞。

飞行前，师长作了简短发言。之后，飞行员们各就各位。然而，我眼前滑过的一片空洞，让师长这名“老飞”锐利的眼神一掠，就发现了我内心深处的“暗流”。

师长临时命令我暂时停飞，而改换了另一名同样年轻的飞行员。

确实，我当时心里很乱。这点，跟班飞行的政委也发现了，面对老政委那慈父般的言语，我没有顾虑什么，我也不想隐瞒什么。

和石岩认识的时间不是用一天两天来计算了，而是十年。从高中到大学，现在毕业都快一年多了，许多同学战友都知道我们之间的关系。

其实，熟悉我的同学都知道，未考入航校之前，我一心想去南方一所大学学习国际贸易。虽然对飞行员从小是无比向往的，但一直没有考入航校的勇气。最终选择报考航校与石岩有关。

她说，希望我能成为天之骄子，希望看到我英姿飒爽的样子。到时自己可以对别人骄傲地说她男朋友是飞行员。最终，我放弃了钟爱的国际贸易专业。我想，为了所爱的人，这种放弃是值得的。

看着石岩纯净的眸子，我说，我会努力的。

在后来的考试和体检中我都符合要求，也就顺利地迈进了北方的那所著名的航校，而石岩考入了南方的一所邮电大学。

大学四年，在她的鼓励下，我克服了一个又一个的不适应，并且成为了同批学员中几名优秀的学员之一。毕业时就留在了离学校最近的那个航空兵部队，依然在北方抒写蓝天情怀。

到部队后，我出色的表现很快得到各级领导的肯定，要不，师长也不会这么注意我。要不，那天也不一定安排我与师长一起飞。

大学期间，我和石岩曾约定，等我达到部队规定的结婚年龄后我们就结婚，也就是说毕业满一年我们就可以结婚了。

于是，我就天天盼望着回家的那一天。可待我真正回到湖北老家的时候，一说结婚之事，石岩就回避。她说，现在我们毕业不久，她又才调到县局，还是先忙工作。还说，各方面条件都不成熟，到时再说。而这期间，石岩对我不冷不热，并且我发现石岩和我在一起的时候经常有个男的给她打电话。本着对石岩，本着对我俩感情的一种信任，我从来没有问过他是谁，而石岩也从未对我说起他是谁。

不知为何，这个假期没有我预期的激情和热情显现，甚至还不如过去上军校时的寒暑假那么令人心动。石岩老说她很忙。按理说，我好不容易休回假，好不容易才有这么点时间在一起，她应该对我更好一点才是，她却没有。对于这些，我都能理解，只要感情不滑坡，理解就比误会多。

回部队后，虽然心里多少感到有些失望，但对于石岩的感情我也没有过多思考，就全身心地投入到了紧张的飞行训练当中。我想，只有把训练搞好，把飞行练精，那才是对石岩最好的安慰。

然而，在与师长合练那日的前一天夜里，我接到了石岩的电话。

她说："海枫，怎么说呢——我也考虑好久了。本来打算你休假的时候把我的想法告诉你，可我一想你休假一趟不容易，如果对你说了，肯定会影响你休假的心情，所以我当时没敢告诉你。说真的，你为人很不错，但不知为何，对咱俩的感情，我越来越没有感觉了。我觉得自己配不上你，我也不想因为我而耽误了你。所以我想我们还是分手吧！"

这，是我回部队后接到石岩的第一个电话。石岩的感情突变是我从未想到的，我不知道她为何做出这样的选择。尽管在接电话的时候我尽力克制，但接完电话，我还是忍不住哭了。男儿有泪不轻弹，只是未到伤心处。

因为石岩的电话，第二天我被师长取消了飞行科目合练的机会，并因此停飞，以观后效。

老政委了解事情经过后，语重心长地说，飞行员的培养是国家用黄金堆起来的，我相信你有能力处理好这件事。

虽然我在老政委面前表态很诚恳，但我对是否真正停飞思考并不多，更多的是想着与石岩之间的爱情结果如何。

我知道，那个电话与以往不同的是，不是石岩对我牵挂思念的电话，而是要分手的电话。之后，我再怎么给她打电话都没有人接，最后干脆是关机。打到她家也是无人接听状态，打到她单位，同事说她调走了，调到市邮政局了，打到市邮政局却又说无此人。

为此，我向组织请假准备回家，看着我整天茶饭不思、恍惚不定的样子，领导也没敢给我批假，只是说先冷静一段时间再说。我实在不能接受这是事实，我请假的愿望越来越强，个人思想问题也越来越严重。领导们的思想工作对我也无济于事，他们还专门请来了心理医生，可最终的结果还是待医生一走，我的情绪又上来了。面对越来越僵的局面，领导们经过集体研究决定还是让我休假。不过，这已是半年后的事情了。从被师长停飞的那一天算起，我已经停飞半年多了，这对于一个年轻的飞行员来说无疑是一种扼杀。

回到家乡，我一下火车就去了石岩家，我的突然出现好像她家人早有心理准备，她父母说石岩不在家，也没让我进屋。其实在推门的那一瞬间，我看到了一个熟悉的背影。

石岩家住在四楼，回家休假正临近年关，就这样我在寒风中仰望两天两夜。最后等到的是，我在军校里荣立的三等功证章从四楼飘然落下。我彻底明白了，石岩是铁了心与我分手。

回到家里，母亲看着我消瘦颓废的样子，泪流满面，而此时此刻，我也情不自禁，抱头痛哭。父亲边抽烟边说，娃儿，算了，赶明儿会有更好的。

原来石岩刚毕业时分在我们镇邮政局，后来，市里邮政局局长的公子刚好到镇邮政局挂职锻炼。石岩属于人见人爱的那种女孩子，没多久，局长的公子就喜欢上了石岩，刚开始，石岩顾及我，没有接受他的任何表示。后来，石岩病了一场，局长公子对她关爱有加，最终让石岩心动了。后来，石岩的工作环境也一次次改变，先是调到我们县邮政局，再后来就调到市局了。

也许就像人们所说的那样，有时爱情在现实面前是很脆弱的，但我没想到这样的事情会发生在自己的身上。既然事已至此，我又能如何呢？

回部队后，我的身心得到了一定恢复。再说，我也应该恢复了。作为一名飞行员，因感情的事而不能正常飞行、不能正常训练，既是本人最大的耻辱，也是对国家利益的最大漠视。

虽然我的飞行是带着一颗创伤的心，但只要我认真飞行，照样能找回昔日的感觉。当然，我的转变也是任何一位领导都在企盼的事情。找回自己需要一种勇气，找到一块属于自己的天空则更需要一种精神，最终，所有的私心杂念都被战机漂亮的摆尾动作抛向了九霄云外。

一年后，也就是毕业后的第三年，我被破格提升为中队长。

接到喜讯后不久，我接到了石岩的电话。其实，自从石岩与我分手后，我就打算把手机号换了，心里虽然一直这么想，可却从来都没有换。我不知道我还在等待什么。

原来，石岩婚后并不像她婚前想象的那样。

局长公子也就是她后来的老公。自从与石岩结婚后，对石岩的态度也渐渐地发生了变化，刚开始做什么事还悄悄的，后来情况越来越严重，有时竟然把一些不认识的女子带到家里做一些见不得人之事，这事被石岩碰见好几次，但每次石岩都是忍着，希望这样能够换回他的良知和爱，但事实并非如此。石岩的忍让只是对他某种欲望的一种助长。

前段时间，他又与一名女子出去玩，后来在一个急转弯处，他俩连人带车翻到坡下。原因是喝酒过量，他就如此地去了。现在，石岩又回到镇邮政局上班了。

"海枫，我现在才懂得你的好，我现在才发现，我原来是那么地在乎你，那么地想你，那么地爱你。"

"石岩，你要好好冷静，你放心，我会依然关心你的……"

接完石岩的电话，我心里很难受，也很矛盾，难道当初她的绝情，她的狠心，我都忘了吗？我能接受吗？我反复问自己。

我请了一周假，我需要认认真真地把石岩和我的事情好好梳理一下。她说她想来看我，想和我走在一起。

曾有一位"老飞"对我们说，一个出色的飞行员，如果他要征服一片天，那么，他首先要有一颗比天空更宽阔的心胸。然而谁都知道，爱情的事，容不下一粒沙。

一周后，我的心终于平静了。毕竟我曾经与石岩并不陌生，毕竟有些东西不是说忘就能忘。

石岩来队的那一天，师长又一次带队合练。那天，我让机务兵小李去接站。虽然我没有看见小李接石岩的全过程，但我从他的述说中知道了一切。

小李接到石岩后，石岩显得很激动。她问我怎么没去接，小李说："不好意思，嫂子，海枫中队长今天与师长飞行，虽然他很想亲自来接你，但他没有时间，所以他派我来了。"

石岩一听小李喊她嫂子，脸马上就印上了两朵红云。尽管有几分失落，但还是被马上就能见到我的喜悦融化。

小李带着石岩是在离我们师部近1000米的超市下的车。石岩看到超市后，非要去买我平时爱抽的白沙香烟。

小李说："马上就到部队了，到时有机会让海枫中队长带你来买吧！"

石岩说："没事，我现在就去买，反正也不重。"

小李说："那好吧！嫂子你去一楼买，我顺便去三楼电脑城看看MP3。"

在小李转身进超市的时候，石岩说："小李，虽然喊嫂子挺好听，但我还是感觉叫姐亲切，往后你就叫我石姐吧！"

"哦！没事呀！部队都这么叫，不过，那好吧！"

说完，石岩去了一楼买烟，小李去了三楼看MP3。

待小李下楼后，只见石岩把行李和刚买的白沙烟放在一旁，自己却在追赶一名军人。还不停地喊"海枫，海枫，是我，石岩……"原来，石岩把马路对面的那个军人当成是我了。也许是石岩心情迫切，只顾追人了，却没看来往的车。

等小李反应过来后，石岩已随着汽车滑向了前方……

枪

枪，对于军人来说，作为第二生命是无可非议的。然而，有的时候，军人甚至可以抛弃自己的第一生命也要保护好枪。

我下面要讲的亲身经历就足以证明。

我所在的部队是一个战略武器库，在一个大山里头，山的周围是平原，由于当地盛行骑马，所以我们每次都是骑马巡逻。

当兵前从来没有骑过马，只是在电视电影里看过别人骑马，一听说是骑马巡逻的时候，我们这些来自南方的小新兵们就特别兴奋，这并不亚于来自北方的兵们学游泳。

教我们骑马的勤务队队长姓白，平时我们都叫他白队长。作为基层带兵干部，白队长不是那种能说会道、夸夸其谈的人，他更多的时候是沉默，这种沉默既算不上严肃，也算不上高高在上，而是平易近人的那种。

尽管白队长平常话不多，但要说的却都有道理，好像他的人生有着不同经历，对生活也有着更深的理解。兵们都挺喜欢和他玩。我当然也不例外，甚至与他的关系更为密切。这也难怪，十六七岁就当兵，又没有一点儿社会经验，不管是工作上，还是生活上，总有许多道不明、解不开的小疙瘩，每到这个时候，我准会跟白队长说。这方面，白队长比指导员更好说话。

一次，我和班长一起执行巡逻任务。

要在平时，我的枪都是左肩右挎，那次我上马前尿急。从厕所出来后，提起枪就跨上了马，并自我陶醉在潇洒的上马动作上了。

一路上只注意与班长聊了些近段时日的工作，也就忘了自己的枪是右肩右挎了。班长的马在我左边，所以他也没有及时提醒我，就这样一直朝前走着。

如果当时不是情况突然有变，我想我应该就没事了。

巡逻大概将近一个小时的时候，前方的半山腰上出现了两个人影。班长的一声有情况让我立马浑身紧张，并顺着班长手指的方向纵马向前。

由于我动作幅度比较大，挎在右肩上的枪顺着胳膊就向下滑。事情变化太突然，容不得我有半点怠慢。我赶紧低下身去抓枪。本来枪向下滑的速度比较慢，可随着我的低身，枪向下滑的速度更快了。当我拽住枪带的时候，我的身体也彻底失去了重心，摔下马也就成了定局。

为了保护枪，我不得已将枪揽在怀里，身体顺势倒地。幸好是草地，除了我拿枪的胳膊拐了，身体倒没事。

班长也为我的突然变化感到惊讶，立即勒马回头，问我有事没有。

我眼里含着泪摇摇头说没事。

班长说：“你先在地下歇息一下，我先去看看再说。”

不一会儿，班长回来了。他说：“没事，是两个老百姓上山砍柴，我让他们下山了。”

胳膊脱臼了。指导员看到我这样子，黑着脸，当着我的面，啥也没说。

听班长说，指导员要给我处分，还要上军人大会上作检查。

我心里感到很委屈，说：“我之所以这样，完全是为了枪啊！如果我不怕枪摔了，我人肯定会没事。”

班长说：“我知道，可指导员不听。他说，如果按规定带枪不就没事了吗？这是事故苗头，如果不能引起同志们的高度重视，那往后还不知道会出什么事，等白队长回来后再说。”

从仓库卫生队包好纱带回来后，我开始休病假。至于什么时候处分我，什么时候上军人大会上作检查，我都不知道。

一天，我躺在床上，呆呆地望着窗外的时候，白队长来了，他刚完成一趟押运任务。

看到白队长，我的眼泪就止不住地一涌而出，我不知道为什么会有这种感觉，眼泪任凭我怎么控制都白搭。

白队长手里还拎了一袋子我爱吃的橘子和一袋奶粉。他微笑着说，没事的，你的情况你们班长都给我说了，这不能全怪你。你的表现应该被表扬，至于怎么处理你，队党支部会有一个公正客观的结论，你要相信我，相信组织。

听白队长这么一说，我的眼泪更多了，但我知道，如果之前的泪是委屈的泪，那么此刻的泪则是激动的泪。

既然白队长什么都知道了，那我也不想再解释什么！

白队长还说，做人有时候是很难的，但不管做什么，只要问心无愧就行，这也就需要我们学会忍耐。

接下来，他的一个故事让我感到更为震惊。

八年前，白队长还是勤务队白班长。

仓库的主要工作特点是收发武器，他那时候是我们仓库的优秀班长，军政素质特别过硬，作为骨干，执行押运任务也就是常事。

平常押运都是两个人，但那段时间因为仓库押运任务重，仓库人员紧，白班长作为党员骨干，就单独执行了一趟短途的押运任务。

不知大家知不知道，押运兵一般要带枪的，往往运送武器的时候都是军车或者军列，但返回的时候有时就是乘坐地方车辆。

那次单独执行押运任务的天气不怎么好，去的时候天气阴冷，回来的时候天空中还飘起了雪花。白班长先是坐的火车，再转的公共汽车，由于天冷路滑，再加上道路也不那么顺畅，公共汽车在一个急转弯处翻下了山坡。

当白班长苏醒之后，想的第一件事就是枪，他随身带的那把五六式冲锋枪。

此时，白班长想不起抹一下自己前额的血，也没有去帮助其他乘客，而是一个劲儿地找枪。

白班长一身的军装，绿色的军装在雪地里显得格外的惹眼，有些受伤的乘客一看穿军装的就说，当兵的，快来扶扶我吧！快不行了。有的问，你这当兵的怎么见死不救啊？有的喊，这年头当兵的咋就这样呢？还有的说，他好像就是那个武器库的兵。

白班长很想去救他们，去扶他们，哪怕是自己也受伤的情况下。因为和平年代在人民有困难、需要帮助的时候才会显得子弟兵的重要。而恰恰就在大家这么需要帮助的时候，白班长却没有伸出援助的双手，甚至可以说无动于衷。

白班长还在找他的枪，那把行军迷彩包装的五六式冲锋枪，此时不知在哪里。白班长很着急，他既着急找枪，也着急找到枪后去救人。因为那时不像现在有手机，一按号就可以呼来人。掉到沟里，大家叫天天不应，喊地地不灵。

枪终于找到了，白班长那颗悬着的心才落下来，可当他转过身来帮助那些刚才喊他的人们时，他们却不要他帮助了，有的不说话，有的说怪话。

没办法，白班长只得背着还处于晕迷当中的司机往公路上去。

从沟里到公路上并不远，可此时，白班长感到异常的吃力，不仅是因为背人爬坡，更是因为他自己也受着伤。

他终于背着司机上了公路。本来雪天行车就少，连拦了几辆车都没人停，没有办法，当再一辆车正在驶来的时候，白班长抱着司机跪在道路中间，谁都知道，男儿膝下有千金。

车，停下来了。车上的人还参加到了救援的队伍当中。

因为身上有枪，白班长认为务必赶紧回部队。

带着一身的伤，白班长不知道该向领导说什么。住在卫生队，仓库领导只是安慰他一心养伤，但没有表示过多的慰藉。

白班长该说什么呢？他又能说什么呢？

他的经历像一团雾水罩在单位领导头上，不知该表扬还是批评。

大概过了一个月，团领导收到几封地方来信，指出某月某日某时，因车祸，部队军人见死不救，等等。

然而，就在仓库领导还未搞清怎么回事的时候，又收到该部队一军人在某月某日某时抢救地方受伤人员的表扬信。

白班长的伤养好了，领导也正式找他谈话了。

事情的经过也和信上说的一样。只是唯一不好理解的是，怎么会有几个人写信说他见死不救呢？

“队长，我知道了，是枪，是因为枪。如果不是因为枪的话其中就不会有这么多的误会了。”听完白队长的讲述，我认真地回答。

“所以说，做人有时候是很难的，但不管做什么，只要问心无愧就行，这也就需要我们学会忍耐。想必你也清楚其中的道理了吧！好好养伤，要一如既往地爱护好自己的第二生命啊！”

“是，队长。我的枪，一定是生命在，枪在；生命不在，枪也在。”

看着我天真的样子，白队长笑了。并小声地念叨着：“我的枪，我的枪……”

晶莹剔透

铁打的营盘流水的兵，绿色的年华金子般的心。

我的印象中，一直认为当兵退伍是天经地义之事。然而，看过一批批老兵送战友挥泪如雨时，才明白什么是“何处合成愁？离人心上秋。纵芭蕉不雨也飕飕。”

新兵连的岁月，在每个当过兵的人心里，都会留下一抹记忆，挥之不去。

廖建辉，一个与我同住罗荣桓元帅故乡，喝着同一条湘江水，仰望同一座衡山祝融峰长大，同坐一列车厢从军的小伙，就连新兵连分班也分在了同一个班。

一次，新兵连组织检查内务卫生，已经连续几次名落孙山的我们班，在班长张宝松的带领下，都憋足了一口气，有股不拿第一誓不罢休的劲头。全班同志四点半起床收拾整理，个个都拿出了看家本领，以最高的标准迎接此次检查。张班长早就发话了：“此次内务卫生检查，不成功便成仁。”对此，每个新兵都做了充分的思想准备，个个都树立了夺第一的信心。早上的内务卫生检查也非常顺利，基本上在我们预料当中，可就在我们想象夺第一后的滋味时，问题出现了——因为一双鞋子，严格地说是一双写有“谭”字的胶鞋。全班姓谭的就我一个，当我反应过后，才放下心，我那双写有“谭”字的胶鞋正穿在我脚上哩！一双放在窗台下却写有“谭”字的胶鞋导致了我们班夺第一的计划破灭了，兄弟们集体四点半起床最终因这双写有“谭”字的胶鞋而做了无用功。

班长一句话也没说就直接将那双写有“谭”字的胶鞋向我砸过来，不偏不倚正好落在我那高耸的鼻梁上。血，就像听到发令枪响一样，一刹那就涌出来了。

班长说：“全是你干的好事，滚，把检查写好。”

就在此时，有一个人感到非常内疚，他就是廖建辉。挨打的我也被打醒了，原来，早几天廖建辉借了我一双写有“谭”字的胶鞋，这鞋是因为他只顾整理内务而忘了晚上放在窗台下了。

血还在流，我用手擦了一下，抹得半边脸都是血，准备写检查的信纸上也有；血流得很快，但我没有泪，也许是那句“流血流汗不流泪”起到的作用吧！

晚上，作检查的却不是我，而是张班长自己。他说：“谭皮同志，对不起，今天是班长错怪你了，请你原谅。”然后，就是廖建辉作检查。在这之前，廖建辉已找张班长主动承认鞋是他放的，不关我的事。

时间很快就在队列训练中溜过了，一个月就像是一瞬间。

从南方来到胶东半岛的我已彻底感受到了北方的冷，手上脚上已长满了冻疮。

廖建辉的妹妹廖建香给他织了一件毛衣寄过来了，然而，穿的人却是我。廖建辉说：“皮蛋，尽管我冷，你肯定比我更冷，看在你那双惨不忍睹的手的分上，毛衣就送给你穿吧！”

“得了吧！听你这语气好像很不情愿，既然是这样那就免了，我可不喜欢看见那种打肿脸充胖子的事在我身边发生。”

“你看你这同志，就算是你给我创造一次做好事的机会好不？”

“那差不多！看在是你妹子织的分上，我也就不客气了。”尽管廖建辉的新毛衣给我穿了，他还每天按时打开水给我泡冻疮，但我手脚上的冻疮似乎一点也不领情，还是照长不误，有的还开了花，有点儿像映山红，红红的。

新兵下连后，我与廖建辉又分在了同一个部队，我们开玩笑说：“咱哥俩是棒打不散的鸳鸯。”

部队种了许多玉米、花生、红薯，每次训练完，知道我爱吃花生的廖建辉，都会在热水瓶里装上半瓶花生，再加满水，插上热水器，等水烧开了，花生也煮熟了，每到此时，廖建辉就会喊：“皮蛋，熟了，快来尝尝我的水煮花生，免费的。”而我也会继续喊：“同志们，快来吃廖建辉煮的花生哟，不要钱哪，快来啊。”我喊过之后，楼道里剩下的就是一片“咚、咚、咚”的脚步声，其他战友准会呼啦啦地跑到我们宿舍抢水煮花生。

为防止兵们自己用电热器烧水，部队每天早中晚都有开水。尽管如此，电费每个月还是超支。对此，单位加大了管制力度，有时还经常搞突然袭击。一次，廖建辉正在库房煮花生，而教导员刘海亮已悄悄来到我们宿舍，我知道此时廖建辉正在库房，趁刘海亮教导员进门的刹那，我赶紧溜出门通风报信。廖建辉听说教导员来了，立马锁上库房往外跑，等教导员转悠了几个宿舍后，热水器煮的花生也应早开了锅。

刘教导员感觉没事，就边检查边与我们侃大山，可此时我与廖建辉却急坏了，生怕教导员看库房，我正想着，教导员还真来到了库房门前，他准备叫我们打开，我连忙说：“钥匙被班副汪太平拿走了。”

“哦，库房可是重点部位，平时用电啥的都要注意些……”教导员的话还未说完，只听“嘭”的一声巨响。刘教导员问这是怎么一回事，并叫我们赶紧喊汪太平来开门。钥匙明明在廖建辉身上，我就给廖建辉使了个眼色，他反应快，转过身装着去找汪太平。一会儿钥匙拿回来了，门打开了。展现在眼前的场面让大家都感到惊讶，原来，由于热水瓶里的水烧干了，热水瓶的瓶胆炸了，煮熟的花生落满一地。

晚上，在全队军人大会上，我与廖建辉相继作了检查。

后来，廖建辉考上军校了。对此，我应该为他高兴才是，可我心里却酸溜溜的。

考军校对廖建辉来说，应该没什么问题，毕竟他是我们县一中的学生，只因一心想当兵而中断学业瞒着家人悄悄地报名参了军。考军校的试题，他都会做；而我则不行，看着廖建辉一心想考军校，自己那颗不安分的心也有点儿想法，但只可惜基础太差，除了语文、政治能通读，其他科则是青蛙掉进水桶里——扑通（不懂）。为使我有所进步，廖建辉是豁出去了。他说："皮蛋，没事，不就数理化 ABCD 吗？没什么大不了，不懂我教你。"但我生来就不是读书的料，怎么弄也搞不懂，无奈，只得把唯一的希望和最后的期望寄托在考场上了。

预考前，廖建辉就与我说好了，判断题用笔来打暗号，笔尖朝上打"√"，笔尖朝底则打"×"；如果遇到选择题就打手势，选择 A 就用手抠一下头顶，选择 B 就用手抠一下耳朵，选择 C 就用手摸一下脸，选择 D 就用手摸一下下巴；其他不能打暗号的就递纸团。

然而，功夫却负了有心人。

考试那天，我与廖建辉预先设计的暗号全部用不上，因为我坐在前面，而廖建辉坐在后面；幸运的是第一堂考试是政治，而政治刚好是我的强项，我还用同样的暗号给廖建辉对了答案。考完政治后，我俩马上调整了"战略战术"，为了我，廖建辉做出了更大"牺牲"，每次考试得提前至少半小时交卷，趁交卷的时候，把纸团递给我。

前几堂考试用此方法都成功了，后来渐渐被考官察觉了，尤其是考化学，考官站在我那就不走了，把我急得直冒虚汗，看着那些题一个也不会，还得装着在答题的样子，把一张草纸铺在试卷上画来画去，啥名堂也没画出来，眼睛还直往后瞅，时间正在一分一秒地过去，廖建辉也应该知道此时我肯定很急，但考官站在我那就是不走，廖建辉也很无奈。大约十分钟过去了，我一看表，离考试结束才剩下不到二十分钟了，考官终于到别的地方去转了，廖建辉赶紧抓住机会交卷，并把写好的答案塞到我桌前。一见答案，我的双眼立马亮了。然而，考官在我不经意中又出现了，他按着我拿答案的左手，很轻松地从很不情愿的我手中取走了，然后在桌子上敲了两下，啥话也没说就离去了，气得我恨不得踹他一屁股。

预考我最终过了。

三个月后的统考，尽管我们想的办法更多，打的暗号更丰富，廖建辉帮我更卖力，可我还是逃离不了落榜的命运。

送廖建辉走的前几天，我一直在想我哭的样子，但真送廖建辉走的那天，我却没哭，我是想哭，可哭不出来。令我自己没想到的是第二天清晨起床后，我才真正体验到什么是男儿有泪不轻弹，只是未到伤心处。廖建辉在的时候，每回起床他都会大吼几声“起床咯，起床咯”，接着就唱“太阳出来我爬山坡，爬到了山坡我想唱歌，唱支歌儿给皮蛋听呐，乐得皮蛋笑呵呵……”出完操，他又会在走廊里吆喝几嗓子：“立正，向右看齐，向前看，向右转……”但自他走后，我起床再也听不到这熟悉而洪亮的声音，再也没有廖建辉与我抢水龙头洗刷的动作，连影子都没了。我边洗刷边哭，但我没发出声音，我不想让其他战友，尤其是不想让第二年兵和第一年兵知道我一个第三年的老兵、班长还哭鼻子，我用毛巾捂着脸，泪水与湿毛巾浸到了一起，泪水像自来水一样——晶莹剔透！

“廖建辉，我们桌上怎么少了一只鸡腿，是不是你们班谭皮偷吃了？”同年兵段泽光说。

“谭皮好吃，也不至于连一人一个的鸡腿也偷吃。”廖建辉说。

“肯定是他，不是他才怪呢！”段泽光继续说。

“你这人怎么这么主观呢？可不要把人看扁了。”廖建辉说。

“看扁了怎么了？你认为谭皮是什么好鸟，整天就知道贪吃。”段泽光说。

“你这人说话咋这么难听，吃了又咋哩，不就一个鸡腿吗？又没吃你的腿。”

“你什么意思？”段泽光问。

“你说什么意思？”廖建辉也没好气。

会餐前，段泽光与廖建辉上演了一幕武戏的同时，也给队长、教导员出了一个难题。上面就是他俩打架后向队长、教导员如实汇报的经过。

当然，我谭皮根本就没吃鸡腿，但事却是因我谭皮爱吃好吃惹出的祸。

廖建辉走后，我哭的另一个原因是没人给我做好吃的了。

“皮蛋，听说炊事班买了很多鸡，我去给你这个好吃鬼弄只鸡吃吃？”廖建辉又在吊我的胃口。

“那太好了。你要我做什么？”我问。

“你去推辆小推车就行。”

廖建辉推着小推车装着去炊事班推煤的样子走进了炊事班。炊事班的兄弟们正忙着做饭，谁也没注意他，再说，他也不值得大家注意。不像我，还未进炊事班的门，人家炊事班就提高了警惕，因为大家都知道我好吃又爱“拿”东西吃，所以就成了他们的重点防范对象。而廖建辉，人家对他是很信任，因为他要考军校，考军校后要当干部，想当干部的兵一般素质比较高。

廖建辉一会儿与做馒头的颜茂盛吹吹牛，一会儿与切菜的向永科侃侃大山，一会儿又与炒菜的谭水平说说笑话，廖建辉边说着边往库房里走，也许是最危险的地方最安全吧，廖建辉进入库房谁也没注意，当然，司务长没在，如果司务长在，就得另当别论了。

廖建辉进入库房就将门轻轻关上，迅速取出一个塑料袋，从冰柜里拿出一只鸡套上就往窗外扔，因为炊事班的库房刚好有一扇窗，窗户设置得特高，没有玻璃，廖建辉扔了两次都未成功，幸好第三次成功了。待廖建辉从库房出来不到一分钟，司务长回来了。

说说笑笑中，廖建辉离开了炊事班。

在宿舍焦急等待的我一看廖建辉只推了一车煤回来，心里就感到十分扫兴。冲他就嚷："你也不能这样吊我的胃口，害得我口水都掉了半斤。"

"你以为鸡是你家的，哪那么好拿，好拿你自己去拿呀！"

"得，好拿我还用得着你去拿，真是！"

"这可是你说的，我要是真拿来了你可别吃。"廖建辉边说边从小推车的煤堆里，变戏法般将鸡掏出来在我眼前晃几晃。而我的脸上则立马阴转晴，灿烂得像一朵刚刚绽放的向日葵。

还是炊事班的那个库房，还是库房的那扇窗，我同样上演了扔东西的剧幕。

由于我爱吃好吃，所以每次我们班都不用愁出公差帮厨，而炊事班则生怕帮厨的是我，但每次炊事班要帮厨的肯定都有我。

"廖建辉，上午我帮厨时发现炊事班好多鲅鱼，要不晚上我们弄点自己炖着吃。"

"没问题，只要你弄，我绝对保证让你吃好吃爽。"于是，我们商量着怎么弄。我说："你到库房的窗前接，我往外扔就得。"

"可以。"

炊事班的兵与其他帮厨的同志都正在忙着弄菜做饭，我就说去一下厕所，其实是趁大家不注意的空当溜进了库房。此时廖建辉已在窗外等待。一会儿，我就成功地将十条鲅鱼扔出去了。可等我回到宿舍后，廖建辉的鼻子肿得通红。原来，由于冰冻的鲅鱼很滑，我扔过去，廖建辉未接住，整条鲅鱼就劈头盖脸地砸在了廖建辉的鼻子上。

……

廖建辉走了，他把我爱吃好吃的习惯也带走了，我的胃从此像丢了魂似的；我的眼泪也流下了，我的泪本应等到老兵退伍时再流，可我提前开闸泄洪了。

记得走时，廖建辉安慰我：“多情自古空余恨，不必殷情问，三千世界本残缺，多少别离相守是前约？微尘爱憎都抛下，回首无牵挂。一杯浊酒尽余欢，何况男儿有泪不轻弹。”是的，送他的时候我的确没流泪，也许正如人们所说“离去的人不一定很伤心，而留下的人才是真正的伤心”。那时的我真不知用什么言语来表达自己的心情，不知用什么方式来表白对战友的想念，也许流泪就是最好的表现吧！我曾多次在楼道、操场、靶场上大声呼喊廖建辉的名字，当然，远在湖北军校的廖建辉是听不到的，而我也知道再大声地喊，哪怕是喊破嗓子，廖建辉也不会回来的，但我就是想用这种最简单的方法来表达最深层次的感情。

廖建辉走的第二天，我流泪了，控制不住。我知道，这是为战友而流的泪，是绿色年华里晶莹剔透的泪。

阳光不锈

当兵走的那天，送我的人很多。我一次次提醒自己不要哭，一定要坚持住，谁哭谁狗熊。妈妈与奶奶边走边哭，我都忍住了，可万万没想到李老师也哭了，也许他是想起了自己当兵时的情景，触景生情吧！

我说："李老师，你说你送我时不哭的。"

"小皮蛋，老师才不会哭呢！眼睛有点痒，擦擦。"

"那我眼睛也有点痒，我也擦擦。"

送行的人群中有的朝我爸爸开玩笑说："你看李老师多好呀！学生走了都哭，而你这个做爹的却没一滴泪，可见你儿子与老师的感情比你这个当爹的还深呢。"对此，爸爸只是嘿嘿一笑。

李老师还在不停地擦着双眼，我就拿着妈妈给我的手帕帮李老师擦拭眼泪。李老师说："小皮蛋，没事，你不用管我，到部队后多给我来信就行。"

"李老师，你放心，我一定每天给你写封信。"我哭得越来越伤心了，我控制不住自己的眼泪，也不想去控制。我知道，这一别就是三年，我不知道三年里见不到李老师是什么样，所以，我要用我的眼泪述说我对李老师的留恋。

李老师还安慰我：“小皮蛋，不要太难过了，三年说长不长，说短不短，我一定等你的好消息，你在部队要好好干。”我知道，李老师安慰我不要太难过的同时也在安慰自己。

看着李老师哭，我深受感染，过去与李老师朝夕相处的日子，像放电影一样在我脑海里一幕幕浮现……

李子清，我的体育老师。

除了体育能在班上为自己挽回一点面子，其他功课我都是垫底专业户，这也造就我与李老师的关系非同一般，尽管李老师用尽心思帮我补课，但学习方面我还是找不到感觉，从来没有感受过什么是灵感，最后的结局是李老师为我学习之事操碎了心，属猪的我依旧“死猪不怕开水烫”。然而，在体育方面我似乎有天赋，长跑全校第一，打篮球是校队主力，尤其是乒乓球，更是全校无双，如果说有的话，也就李子清老师偶尔能与我平分秋色。

刚一入校，就听说学校乒乓球第一人非李子清老师莫属。自从听到这个消息后，我就想找李子清老师一决雌雄。

机会终于来了，没想到我们的体育老师就是他。

第一堂体育课上，我就大胆地邀请李老师打几场。但他说身体不舒服，既然老师身体不舒服，那我还能说什么呢？鼓足一口气准备打攻坚战的我还未上战场就灰溜溜地偃旗息鼓了。于是，我就将希望寄托在下一次。

当李老师光顾我们的第二堂体育课时，我再次找他比试比试，他却说没时间。李老师虽说没时间，但他却不像没时间的样子，一会儿与这个学生侃侃大山，一会儿与那个同学谈谈感受，可就是不与我说话，还有点故意回避的意思。

就在第二堂体育课快要下课的时候，李老师找了我，并对我说：“你是锣塘村的谭皮吗？有时间我会找你的。”李老师竟然知道我的名字和家址，这是我没想到的。

时间在无声无息的等待中划过，我与李老师对垒的机会却一直还未出现，我也将精力一股脑儿抛在了练球上，我深信，我是他的学生，他是我的老师，不可能没有决战的机会。

一天下午，我正在自习课上与同学切磋球技。有同学说李子清老师找我。

李老师找我？不会吧！但这却是真的。

下课后，我快步来到李老师办公室。

“呀！”我感到很惊讶，第一次到李老师办公室的我并未将目光定格在李老师身上，而是他那别具特色的办公室布置。不仔细看还以为是进入了体育用品专卖店。几张体育明星的大挂画错落有致，一些体育用品摆放有序，而整个办公室的布局就像一个运动的“V”字。

李老师叫我进去，他问我：“谭皮同学，听大家说你爱打乒乓球，还打得不错。”

“不行不行，是他们乱吹的，我还得向李老师好好学习。”我非常“谦虚”。心里却想，有机会给你见识见识就明白什么是人外有人、天外有天了。

“这样吧！谭皮同学，下午放学后我约你打几场。”

“好，那太好了，我早就盼望这样的学习机会了。”

等待终于变成了现实，渴望终于得以实现。

放学后，我与李老师双双来到球台前。除了李老师说：“谭皮你不要不好意思，放开打。”没有更多言语，我俩就开战了，只见一片刀光剑影，一连打了五个回合，结果我以2∶3负于李老师。不服输的我还想再战，但李老师说今天就到此吧！你的球技的确不错，他还夸我的反抽、顺抽、横砍都很精彩。

我说："还是老师厉害，往后还得多教教我才是。"

"长江后浪推前浪，互相学习。"李老师说。

接下来，我们俩在球台前聊了很长时间。原来，李老师当过兵，上过战场，当体育老师也是另有故事。

他说，那年他入伍不久，部队就要开赴前线，听说要参战，他和许多年轻的战友都非常紧张，这种紧张倒不是怕打仗，而是怕家人知道后为自己担心。当真正踏上战场后，才发现所有对家人的挂念都被枪林弹雨抛至九霄云外，剩下的只有对敌人的仇恨。战斗进行得异常激烈，全连有十六名战友在战斗中牺牲了；战场环境也特别艰苦，吃的是罐头食品，住的是猫耳洞，许多战友的裆烂了，嘴唇裂了，一个苹果吃一圈还剩一大半的故事在他们班就曾发生，一封来信也是全班人的共同精神食粮。越是这种条件下，战友们越是互相关心，互相帮助，互相安慰，至真至纯的战友情谊比亲兄弟还亲。一次战斗中，山东籍战友刘德军为了掩护他，被敌人的炮弹炸伤了双腿。刘德军的爷爷、爸爸都是教师，他从小有一个梦想就是长大后当一名教师。由于双腿致残，导致了教师梦的破灭。对此，刘德军感到莫名的遗憾，而李老师也为此深深内疚，他经常责备自己当时如果反应再快一点，也就不会造成刘德军那一幕的发生，也就不会让刘德军留下永远的遗憾。另外是本班河北籍战友张建峰，一个特别爱好体育的小伙，在未参战前，他是连队篮球队的主力，足球、乒乓球都是头号种子选手，参战过程中，还经常讲，待打完仗再好好玩几场球。然而，不幸的是在一次战斗中，张建峰牺牲了。

转业时，李老师凭着优秀的个人素质和多个闪闪发光的军功章，一些大城市的单位要他，他都拒绝了，而是主动申请回老家，当了一名普通的体育教师。因为他要圆两个梦，一个是山东籍战友刘德军的教师梦，一个是已牺牲的同班战友张建峰的体育梦，所以他义无反顾地选择了老师，选择了体育，在这个岗位上一干就是十多年……

自从与李老师的那次促膝长谈后，我对李老师有了更新和更深的认识。我主动告诉李老师：“同学们都喜欢叫我皮蛋，往后李老师叫我皮蛋就行。”

李老师说：“好啊！皮蛋，还蛮亲切的。”

一天，有三个小混混问同学王一兵要钱，说王一兵欠了他们二十块钱，把王一兵堵在男生宿舍里不让出去。于是，我就领着几个身材高大的男同学去宿舍找王一兵。我们来到宿舍时，那几个小混混正拧着王一兵的衣服，准备动手打人。

我们几个男同学吼道：“你们想干吗？”

“没你们的事。”

“他是我同学，怎么没我的事？”

“他欠我们的钱，那你还。”

王一兵说：“谭皮，我没欠他的钱，他们诈我。”听王一兵这么说，我们几个男同学就去拉那三个小混混，他们认为我们要打架，就嚷嚷：“打架是吧？”我们五六个男同学根本不怕，就说：“打就打。”说完，我们就打到了一堆。吃亏的肯定是三个小混混。

结果三个混混钱没诈成，还挨了一顿揍。我们想他们肯定不会就此罢休的。同时我们也说王一兵，叫他往后少与这些人来往。

果然不出所料，一个多小时后，派出所的联防员就把我们几个参与打架的同学抓去了，还要一人罚款 50 元。这下可把那几个小混混高兴坏了。原来，那个抓人的派出所联防员之一是其中一个小混混的表哥。

我们被抓后，审我们的并不是公安，而是那个联防员，三个小混混也在一旁。他们的态度很牛。说什么我们学生打群架，如果不罚款，他们就要关人，还要在我们档案上记一笔。此时，王一兵的思想开了小差，与我商量是不是给钱算了。我说，给什么给，要钱没有，要命老子有一条，我就不信他把我们怎样。后来，有同学将我们被派出所抓走的事告诉了李子清老师。李老师一听就来火，公安怎么会莫名其妙抓走了他的学生呢？李老师立刻骑自行车到派出所要人，一见面就批评派出所所长，而所长却是丈二和尚摸不着头——不知道怎么一回事。原来，李老师与派出所所长唐开明是战友，李老师将来龙去脉说了一遍，派出所所长唐开明一听也火了，事情出现了戏剧性变化。

接下来的事才有意思！那个带头抓我们的联防队员也挨了批，三个小混混一个也没走得了，都在派出所里作检查，一个个还当着我们的面赔礼道歉，保证下次再也不敢了。

那是与三个小混混打架后的一个月，派出所的联防员又来到我们学校，但这次他们不是来抓人，而是来查车。不知谁说我们学校有人买无牌照的二手车。让我没想到的，也是我不敢想象的，上次与我们打架的小混混竟然已当上了联防员。我想，就这人当联防员哪能干什么好事，从查车一事就足以证明。

他们专门开来了一个拖车，只要见没挂牌的自行车就往拖车上装，我们这些学生，一个个惊慌失措，谁是买二手车的，谁心里肯定明白。我就是其中一个，那辆旧永久牌二六型自行车就是爸爸花二十五块钱买的。一看他们来查车，我赶紧将车藏到女厕所，可没承想，连女厕所他们也查了，据说就是那个和我们打过架的联防员进去查的，看样子他对工作还蛮“敬业”。

待我下课后，车不见了，要知道，自行车对我来说多么重要，因为每天我都得骑，否则我得步行十公里上学；再说，车被拉走了我可怎么向爸妈交代？同时我也很生气，既生联防员的气，又生学校的气，怎么校领导不管？而不巧的是当时李老师外出学习去了。

我赶紧给李老师打呼机，告诉他车被联防队拉走一事。接着，李老师就给派出所所长唐开明打电话了，但人家唐所长说：“老李呀，这次行动主要是查无牌车，只要你那学生的车有牌就没事，但是无牌车就不好说话了，我这个当所长的也不能带头违反规定，还望你体谅。”

“体谅什么？要没事我还找你干啥？人家学生多不容易，你们这么一整，学生往后骑什么上学，你们有本事去社会上查，查学生的车算哪门子事？”

为了我那辆二手车，李老师与唐所长闹得不愉快。车最后还是被拖走了。至今为止，作为一个在家里长辈夸，在学校老师同学认可的好孩子、好学生，不知怎么总与派出所有着难以割舍的情缘。

虽然我的车子被派出所没收了，但我打乒乓球还得继续，不仅如此，还应打得更好才是。后来，我还代表了学校参加学区组织的乒乓球大赛。待我从县里比赛回来后，冠军也随之飘到了学校。这一回，全校轰动了，好多同学都要我与李子清老师一决高下，就连学校的罗百顺校长也赞成这么做，他们非要看看究竟是师父厉害还是徒弟更胜一筹。而我自己此时却感到有些尴尬，毕竟冠军的得来包含了李老师太多的汗水和心血，但面对群众的强烈要求，我带着一种复杂的心情走向了球台，直面李老师。而李老师似乎很轻松，他说：“小皮蛋，别看你是全县冠军，但你老师也不是那么好对付的，你尽管放开打！千万不要有什么顾虑。”我知道，李老师之所以这么说是想用激将法让我正常发挥。其实，别人不敢说，就我与李老师心里还是不言自明的，在平时的对垒中，李老师已逐渐胜少负多。

那次对垒，几乎全校师生都观战了，学校为此还张贴了海报，罗百顺校长亲自当裁判。最后，球声被掌声和老师同学们的欢呼声淹没了……

送我上火车的时候，李老师的情绪显得更为激动，他将战场上的一支纪念钢笔塞给我，合紧我的手掌说：“小皮蛋，还是那句话，好好干，像打乒乓球那样利索，等你的好消息，你回来的那一天我还会与你大战三百回合。”李老师的泪水顺着他的面颊像露珠一样晶莹剔透，往下不停翻滚。

火车的汽笛声又一次鸣起，我握住李老师那支已磨掉漆的钢笔，久久地说不出话，我不知道说什么最合适，总感觉此时任何的言语都显得多余和苍白，我任由晶莹剔透的泪水做自由落体运动……

将军的新生活

将军的新生活就这样开始了。

将军退休后与退休前的许多一样或不一样的事情陆陆续续发生了。

一样的当然很简单，将军还是那个将军，大家还叫他将军，将军的秘书还是小湘子，将军的司机还是小起子，等等。然而，不一样的内容却很丰富，将军不再穿他那身心爱又笔挺的军衣了，将军不再早出晚归了，将军不再连吃饭的时候都要接电话了……

然而，将军好像对这些一样与不一样都不在乎。他所在乎的也许只有两个字——沉思。

将军历来就有一个沉思的习惯。人们都说性格决定命运，我却认为习惯也能改变命运。当然，我的认为首先是与将军的认为是一致的，所以，我才这么认为。将军之所以这么认为，既是有道理的，也是有渊源的。道理我就不讲了。不过，大家想知道渊源的话，我们就一起跟着将军去回忆那曾经发生的一幕幕……

将军是有名字的，而且有好几个名字，但有一个名字此时已经没有几个人知道了。大山子——这也是将军本人最喜欢的一个名字。

在大家都叫将军大山子的时候，大山子还不是将军，所以，我们大家都称他为大山子。

大山子有一个非常好的战友叫大豹子，他比大山子稍大几岁，和大山子一块儿入伍。

没入伍之前，大豹子是大山子村里的小学教师，平时他俩关系最好，相互间的爱好谁都知道，用那句最土的话说就是——撅什么腚就知道拉什么屎。就拿大豹子来说吧，他特别喜欢种树，除了教孩子，有空他就背着锄头去种树；大山子的一个特点就得算他最有孝心了，他娘身体不好，他对娘的孝心是全村有目共睹的。他哥俩在一起玩的时候，有什么事大山子都喜欢和大豹子商量，经常会听大豹子的意见，毕竟大豹子在大山子心目中是有知识的人，见过世面的“文化人”。至于大山子多么听大豹子的话，从下面的故事大家就可以看出。

解放战争刚结束不久的年代，参军是许多年轻人狂热的梦想，大山子也不例外。倒是大豹子没那么狂热，他认为当人民教师也是非常光荣的。个个去参军，没人来教孩子也是不行的。刚开始时，大山子想报名参军，大豹子就没同意，原因很简单：你去当兵了，老娘怎么办？你弟弟还小，你去当兵了，地谁来种？再说，现在国家又不打仗了。大山子白天加黑夜想了许久，思想上也反复挣扎了很长一段时间，最终也没能回答上来大豹子提出的问题。所以也就作罢了。

然而，不久以后，全国从上至下都在动员参加志愿军，据说又要开战了。这回，大山子那颗想参军的心又开始频频跳跃了，以至于他都不敢和大豹子说。令大山子没想到的是，大豹子竟然主动找自己商量参加志愿军一事，最最重要的一点是，大豹子也要报名参加志愿军。

这回，大豹子又给大山子提了两个问题。如果国家没有了哪里还有家？如果家都保卫不了，那他们哪还能算男子汉？别看问题同样是两个，大山子竟然非常顺利地答上了，于是，大豹子就奖励大山子几根粉笔。虽然不能说大山子当时想参加志愿军，但相比于“国家利益”这四个字，他对另外四个字似乎印象更为深刻，那就是老娘经常讲的“精忠报国”。在这四个字的面前，老娘丝毫不带犹豫，老娘说这四个字是天底下最大的孝，并且，连夜将大山了和大豹子的鞋底都纳好了，纷纷绣上了“参军光荣，精忠报国”等字样。

什么也不说，老娘了解他。

就这样，大豹子与大山子雄赳赳、气昂昂地跨过了鸭绿江……

在一次非常激烈而又残酷的战斗中，作为三营一连连部文书的大豹子，被编入了尖刀一班，而尖刀一班正是大山子担任班长。

敌人的火力网一直都很强势，将队伍最前头的尖刀一班压在原地一动不动。作为班长的大山子此时已经非常恼怒，恨不得跳起来掩护其他战友发起冲锋。面对迎面雨滴般密集的子弹，大豹子同样很上火。为了拿下敌人的据点，作为负责拿下敌人据点的尖刀一班，此时所剩的时间已经不多了，大家都看在眼里，急在心里。大山子准备以自己的身体为代价，发起冲锋。于是，他与大豹子进行了紧急磋商，看从哪个方向最合适，大豹子也正有此意。不过，他趁着大山子稍作沉思的片刻，不容分说抢在了大山子之前跃出了战壕，为战友们发起冲锋赢得机会的同时，也献出了自己年轻的生命。

据点终于被拿下，可大豹子已经浑身上下稀烂，大山子也早已泪水模糊了双眼。躺在大山子的怀里，大豹子已经快不行了，他勉强地笑了笑说：“我未来……还有一个想法……没实现……等打完仗后……回家……将山前山后……都种满树……种……好多好多的树……种各种各样的树……”面对大豹子的离去，大山子伤痛欲绝，恨不得将所有的敌人杀光，以祭奠大豹子和其他战友的英灵。

尽管大豹子参军后，在部队也种过几棵树，但别人大都不知道大豹子爱种树。只有大山子知道，大豹子的确非常喜欢种树。村里山前山后的树原先都特别大特别多，后来听老人们说，都被小日本鬼子和国民党军砍了修铁路了，所以这么些年山上就一直光秃秃的。村民们连自己的肚子都填不饱，所以也就没人去管山上种不种树。但大豹子的想法却和村民们不一样，自己的肚子吃不吃饱他似乎不在意，如果有空的时候不去种树，则坐立不安。他的这一举动令许多村民们想不通，就连大山子也有些不理解。尽管如此，大山子却从来没去反对，虽然他不懂得什么植树造林是功在当代、利在千秋的事，也不知道植树造林是防洪防旱的事，更不明白植树造林是为了净化空气，促进人类与自然和谐发展的事。但大山子却认准一条，大豹子要干的事，就会有他的理由。再说大山子问也白搭。大豹子只说："几十年后，等树木成林，你就知道了。现在说什么也没有用。"

……

每当想起几十年前的那一幕，大山子心里面就有许多愧疚。一是当初自己不沉思一下，也许大豹子就不会去了；二是大豹子的遗愿，至今大山子都没有时间去帮他实现。所以说，这样的愧疚感是一般人既无法理解，又无法明白的。哪怕连大山子最亲近的人——家属老婆子，也同样不知道，要是知道，也就不会有她不理解的事情发生了。

几十年前，别人见了大山子都会说大山子命好，找了个高干小姐做老婆。然而，几十年后，认识老婆子的人又都说她命好，成为将军夫人。其实，持有这些看法的人，只是旁观者，真正命好不好，谁的命好，最清楚的还是大山子与老婆子本人。

老婆子其实不叫老婆子，在这个世界上，也只有大山子这么称呼她。老婆子年轻的时候有一个既好听又可爱的名字——小仙子。这还不算，人家小仙子父母可从来都不会叫她小仙子，而是喊她小仙女。

小仙子在家里是最小的孩子，父母多么疼她那是可想而知的。最重要的是，生小仙子的时候，父亲在部队的官儿已经很大了，各种条件也好多了。所以，小仙子的父母恨不得把欠前面几个孩子的爱都补到小仙子身上。于是，小仙子就成了小公主，有时甚至比公主还幸福。毕竟，父母只有四个孩子，而不像皇上有那么多孩子，根本顾不过来。

当然，如果不是因为大山子是父亲部队里的功臣，是战斗明星，如果不是因为小仙子的父亲爱兵如子，小仙子与大山子那会儿是地球上两条并行的铁轨，永远不会有交会点。也许这就是缘分吧！其实，把小仙子介绍给大山子，小仙子的母亲是不愿意的。你想想，他们的小仙子可是留学生，吃过洋面包，见过大世面的小公主，而大山子呢？什么都没有，除了会打仗不怕死以外，还有什么？就算是个战斗英雄，比起小仙子的父亲来说那算啥？可事情邪乎就邪乎在小仙子的父亲特别喜欢他。每当小仙子母亲要起来反对时，小仙子的父亲就说：“行了行了，我看大山子这孩子就不错，很像当年的我。你跟着我这么多年，不也照样过来了吗？不要认为出国留了学，吃过洋面包就看不起人。我看就挺好。”

就这样，在父亲的撮合下，大山子和小仙子各自走进了对方的视野。记得他俩第一次见面就是在家中。

小仙子的父母都在，也非常热情，尽管小仙子的母亲不大愿意。除了小仙子的父亲，谁都看不出来的。这次到小仙子家中做客，也是大山子第一次到首长家里，不免有些拘束，脸红心跳不说，连说话都有点儿不利索了，尤其是小仙子问他话的时候，更有些犯晕。小仙子倒是非常放得开，从大山子的言语和气息里，她明显地能够感觉到大山子虽然不像广播里讲的“最可爱的人”那么可爱，但的确也有其可爱之处。一米八几的个子，脸庞英俊不说，军装朴素却非常整洁，浑身黝黑却非常血性，言语简练却非常实在，动作笨拙却非常有力量，表情紧张却非常刚毅，眼神游离却非常精神，用一句话来概括——浑身充满了男子汉的阳刚之气。不过大山子的表现多少还是令小仙子有些失望，因为在大山子来家之前，就多次听父亲说起过这个名字，当时的印象那可是一个了不起的人物。父亲有时还自豪地说“如果不是我的部队，怕就出不了这样的战斗英雄了”。所以，小仙子在没有见面之前还是有些期待的。不过这样也好，面对平常人，小仙子也就不必客套了。

缘分这东西就是有缘千里来相会，无缘对面不相识。当缘分成为婚姻的现实之后，许多事情又有了另一种解读。就拿小仙子和大山子来说，当时小仙子的父母是一个看好，一个反对，至于是对是错，小仙子自己也说不清。虽然出嫁了，但长期与父母住在一起；虽然结婚了，却与父母在一起的时间更多。大山子当然也不是过去的那个紧张拘束的大山子，在他心目中，似乎部队比家更重要，带兵比陪小仙子更要紧。尽管小仙子经常在父母面前埋怨大山子，母亲只能安慰她，父亲则认为这很正常，军人嘛，就应该这样，这样的军人才是敬业的军人，也只有这样的军人存在，才有祖国的未来。似乎大山子越这样，小仙子越埋怨，父亲则越高兴。

慢慢地，小仙子也许在父母的劝慰下，理解便多了一点。时间长了，随着大山子在部队的任职越来越高，小仙子属于个人的时间似乎也越多了，以至于她不愿意和父母提起这些事，也许是小仙子自己都习惯了，也许是父母的年纪越来越大了。但小仙子却会经常在父母面前说些羡慕父母的言语。父母问她怎么会羡慕自己时，小仙子只会笑着说：“你们这样多好，天天都能在一起。”“哈哈，我的小仙女呀！这还不简单，等待大山子像你老爸这样，退了休不就可以天天在一起了吗？再说了，天天在一起的时候又该你烦了。夫妻之间还是有点儿距离好呀！”“算了吧！我才不听你们的，我就要两个人在一起，那样才像个夫妻的样子。说实话，我可没有你们那么伟大，把自己的一切都献了国家，为了打倒反动派，解放全中国，为了建设新中国，你们可以什么都不顾。现在已经不是那样的时代了，我们应该做的就是享受你们那代人给我们这代人带来的幸福生活。”“小仙女呀！

不会你的梦想就是两个人的幸福生活吧？”“不，我的梦想是大山子赶紧退休！”……

后来，当大山子成为将军，小仙子成为老婆子，也成为人们常说的将军夫人之后，除了表面的光环，她的内心深藏着一个愿望——希望将军早点儿退休。然而，当这个愿望终于实现的时候，老婆子才感受到了真正的欣慰。不过，将军连日来的沉思，似乎在告诉她会有什么事情发生。真是知夫莫若妻啊！

当将军带着老婆子和爱女小玲子从澳大利亚旅游回来之后，将军终于摊牌了，将自己多日来在沉思中酝酿的想法告诉了老婆子。

这回老婆子真的不干了，她非常生气地说：“我说大山子呀大山子，自从嫁给你之后，和你在一起一共生活了几年呀？那会儿你在部队，我上班还好点儿，这会儿都退休了，你还是不愿意陪我，又想着回老家种树。你说老家现在需要你去种树吗？你别一腔热血没地方洒了好不好啊？就不说别的吧！小玲子从小到大你陪过她几回呀！如果不是孩子自己争气出国留学，你能给小玲子带来什么呀？是父爱？是工作？还是未来？我跟你说吧！如果小玲子的未来都靠你的话，不是个梦才怪哩。你好好想想，小玲子从小到大怪过你吗？”

看了看老婆子，又看了看小玲子，将军想说点什么，结果又什么都没说。只是扭过头，看了看阳台前那几棵雪松。前些年搬到将军楼时，自己亲手种下，此时已经是昂然挺拔的大树了。将军的心里似乎多少找了些安慰。之后，将军又陷入了沉思，他又想起了那个人，那个与他共同战斗过的大豹子，以及大豹子牺牲前的遗愿。然而，在老婆子说小玲子的时候，将军又想了小玲子，想起了小玲子的伤疤。

多年前，大山子还是营长的时候，他带队去西北某地轮战训练，一去就是半年。当时小仙子已经带着小玲子住进了基层部队的营房。用小仙子的话说，尽管条件差点，不比父亲的首长楼，但那好歹是个家。然而，没等小仙子和小玲子住出家的感觉来，还是营长的大山子就得带队出征了。由于自己那时候要上班，倔强的小仙子硬是不把小玲子交给父母带，而是交给了营部文书。

营部文书是湖南衡东人，小伙子长得虎头虎脑的，非常精神，大家都叫他小虎子。

小虎子平时做什么事情都非常细心，所以领导把什么事情交给他办都很放心。也正是这么一个让大家放心的小战士，却办出了一件令大家伤心的事，尤其是令大山子和小仙子伤心的事。

那天小仙子上班后不久，小玲子就喊渴。其实小仙子走前就打开了一个橘子罐头，目的就是为了小玲子渴了的时候有解渴的。谁知那天的小玲子就是不想喝橘子罐头，而是要喝白开水。小虎子看小玲子吵着要喝开水，就去锅炉房打来了一壶开水。也许是因为小玲子吵得厉害，也许是因为小虎子太着急了，在用开水冲杯子的时候，不小心将杯子摔碎了。这可怎么办？打谁的杯子不好，怎么把营长家的杯子打了呢？小虎子有些太紧张了。以营长的为人，将他的杯子打了，他根本就不会计较。眼看着打回来的开水没法给小玲子喝，这令小虎子更着急了。于是，小虎子就将小玲子放在了凳子上，并叮嘱小玲子别乱动，别看小玲子吵着闹着要喝水，但此时却非常听小虎子的话，其实，平常其他兵都带不了，也就小虎子能哄住她，要不，小仙子上班之前也不会把小玲子交给小虎子了。

俗话说得好：嘴上无毛，办事不牢。就拿小虎子来说吧，干什么事都细心，这回他却没有保持好自己的作风，只顾着去小卖店买杯子，把小玲子放在了有开水瓶的桌子旁。哪能把小玲子单独放在开水瓶旁呢？就算是去买杯子，也得抱着小玲子一起去啊。也正是在小虎子买杯子回来的路上，事情发生了。

按事后小虎子自己的分析，他之所以这样做，也是有道理的，因为小卖店离部队特别近，跑步去跑步回，加上付钱的时间也不用三分钟。事情出就出在小虎子往回跑的时候，营部的小新兵找小虎子拿储藏室的钥匙来着。因为担任营部文书的小虎子平时管储藏室。这样一来，就耽误了时间，事情也就恰巧发生了。

两岁多的小玲子肯定渴急了，再加上小虎子又不在她身边，她自己就学着小虎子的样子，伸手向桌子上的开水瓶抓了去……

小孩子哪有准？开水瓶是抓到了，但开水瓶这回可没干好事，顺势就朝小玲子所站的凳子方向倒来。随后的一声惨叫，就永远在小玲子的小腿上留下了一块巴掌大的伤疤。

这事能怪谁呢？怪小玲子自己？怪小虎子？怪小仙子？还是怪大山子？也是从这件事开始，小仙子不管小玲子记不记事，也不管小玲子懂不懂事，就给小玲子灌输一种自强自立、靠天靠地不如靠自己的思想。也许小玲子小时候的确受到妈妈小仙子的影响，对爸爸、对军人，甚至于对部队，都有一种很深的偏见，但随着她慢慢长大，在将军眼里还是小小的她的心里，似乎对爸爸更多了一份宽容和一份理解。小时候每当撩起裤腿，看到那块伤疤，她就会埋怨，甚至憎恨爸爸，但后来，她上大学了，出国留学了，每当她换裤子的时候，或者穿袜子的时候，她都会很平静地看待，她认为这没什么，甚至会和女伴们开玩笑说："这可是我成长的印记呀！你们想有还没有呢。"她似乎还感到很神气。

高考填志愿是外国语学院，她没有征求将军的意见，但在出国留学的问题上，她第一个征求意见的就是爸爸。那会儿当将军的爸爸同样很忙。当女儿在电话里头告诉他这个消息时，将军竟然久久地没有说话。在电话那头的小玲子还以为爸爸不同意了。原来是将军的内心深处同时涌出两股热流，一股叫愧疚，一股叫激动。说句实话，自从将军接受将军命令，授完将军衔之后，这么多年了，还没有遇到什么令他激动过的事情。当然，这是第一次，但不是最后的一次。沉思之后的将军表态非常坚定，说："玲儿呀，这是好事，老爸一定支持你。但老爸也有一个条件，学成后一定要回国……”将军知道，虽然小玲子是自己的女儿，但他此时这么说，心里头却显得有些虚。幸好小玲子有心理准备。因为在打电话之前，她就想到了，不仅爸爸会这样说，就连外公都会这样说。

面对将军的态度，小玲子也回答得非常干脆，像铃铛的声音一样。小玲子说：“那是当然，不回国那我想老爸老妈该怎么办呀？”别看小玲子的话不多，可是说到将军的心坎上了。

在将军要回湘南老家种树的问题上，小玲子当时在家里没有表态，自从后来了解将军与大豹子的故事之后，就反过来做老婆子的工作了。别看老婆子从澳大利亚旅游回家后的这些天一直不理将军，但小玲子再次回到家中时，就好像带着一连串美丽动听的音符一般，还没说话，那清脆悦耳的皮鞋声就已经将老婆子连日来的怨气赶走了不少。

先是老婆子给小玲子诉了一肚子的委屈，接着就是小玲子装着说了一连串将军的不是。说到这里，小玲子才说了一半还不到。之后则是小玲子给老婆子讲起了故事。

老婆子听完小玲子的故事之后，怨气好像消除了一大半。她说：“玲儿呀！你也知道，你妈妈当初在你外公家里那是什么生活呀，我却跟着你爸。你去问问你爸，跟着他那又是什么样的生活？我哪个同事哪个朋友不说‘你好嫁不嫁，怎么嫁个当兵的’。可我还是跟着他，玲儿呀，你知道妈跟着他是什么滋味吗？你的脚被开水烫了我就不说了，什么春节中秋节，哪个节日他陪我们娘俩在家里待过呀？他呀，心里面除了部队就是兵。这一辈子和你外公差不多，但不管怎么说，你外公对几个孩子不错啊！他呢？他对谁不错了？我和他又有几个孩子？……”老婆子说着说着眼泪都出来了。

小玲子看着母亲生气伤心的样子，自己心里也觉得挺难受的，她也的确能够明白母亲的不易。但这又能怪谁呢？怪母亲太好强？怪父亲太自私？还是怪自己没安慰好呢？显然都不是，事情说清了其实挺简单，可把事情说复杂了，前三百年，后三百年，扯也扯不清，扯也扯不断。这个时候，小玲子说谁都不是。而此时，将军已经不在家里了，他一早知道小玲子要来，就和秘书小湘子出去了，至于将军出去做什么了，小玲子和老婆子当然都不会知道。但要不了多久，她们就会知道了。

也许此时的老婆子都忘记了今天是什么日子。

将军与秘书小湘子一早外出，是专门到市里买东西去了。他们先是去蛋糕店取昨天订好的大蛋糕，取完蛋糕后，将军又突然想起了什么，秘书小湘子要与他一起去，将军却摆了摆手，要小湘子在车里面等他。

将军去了好大一会儿了，一直也没有回来。此时秘书小湘子好像才意识到什么。毕竟将军很少外出，更别说到市里逛街了。如果刚才是将军要去买东西的话，一下子想找到要买的东西还真不是件容易的事。机关同事都曾说小湘子很了解将军，这话说得还真不错。

将军自下车后，几乎从街东头找到了街西头，也没有见到自己想买的东西。那将军究竟想买什么呢？原来，将军想起老婆子和小玲子都爱吃山药糖葫芦，这会儿将军正在满大街地找卖糖葫芦的。另外他还想起了前段时间听老婆子说小玲子怀孕了，所以将军又想去给小玲子买乌鸡和人参，据说这对孕妇的身体有好处。

小湘子想着将军还没回来后，就急着跳出车去找将军，因为将军的手机平常都搁在他这里，这会儿也没法联系了。顺着刚才将军背影消失的街头，小湘子急速地朝前走去。

其实同事们说小湘子了解将军，那也是有故事背景的，一个人去了解另一个人，不是说想了解就能了解的，那是需要时间的，在这一点上，小湘子是占有优势的。在将军还是师长的时候，小湘子就是他的勤务员了，就是整天在师长家里干着打水打饭打扫卫生、种花养鱼等一些杂勤工作。在这之前，要不是因为小仙子的一句话，小湘子也就不可能给师长当勤务员了。这也是事出有因。

给师首长配备勤务员那是师部司令机关管理科负责的事，每年挑选勤务员的程序也都差不多。因为一般情况是一年换一轮勤务员，留下来当班长的就可以干两年，也就是在老勤务员离开首长公务班前，需要带出一批新的首长勤务员。而每次又会多带几个新勤务员，这样的话就会有竞争，有选择，用时下最流行的话来讲就是“PK”。尽管这些小新兵在新兵连里表现都很是突出的，但给师首长家里选勤务员可不是一件小事，务必优中选优。当初的小湘子就是这些新勤务员中的一员，用他当时的话来说，作为一个小新兵能够天天与师首长见面，那别提有多紧张了。但紧张归紧张，只要你干好了，什么好处，就比其他战士强多了。那会儿小湘子虽然是一名解放军战士，但他毕竟年纪还挺小，又从小生活在农村，城里面许多事情他都不知道，也没见过，能够作为预选的首长勤务员那是因为他机灵、肯干、能吃苦。在老勤务员的带领下，他就满面春风、英姿飒爽地来到了师长家。

刚开始小湘子在班长的带领下，表现得一直都不错。问题出就出在刚开始试着放单的第一周里。

先是小湘子拖地拖得太湿了，而且又没有掌握好先后顺序。当师长的老勤务员中午打完饭来到师长家时，正碰上师长下班回家，老勤务员就赶紧给师长把门打开，让师长先进屋。因为小湘子的地拖得太湿，以致在师长进门时还未干，师长大步跨出，一不小心差点滑倒，幸好师长的老勤务员眼疾手快，一把从身后抱住了师长，师长才没有摔倒。尽管师长虚惊一场，说是自己的鞋太滑，也嘱咐老勤务员不要去说小湘子，告诉他往后把地拖干点儿就行。但这样的事情发生在师长身上，对于预选的新勤务员，那不能不算一件大事。

事情很快被管理科的领导知道了。事后，小湘子挨的批评当然少不了，并且受到了首长公务班老勤务员的集体警告。然而，事后不久，小湘子又办出了一件令人哭笑不得的怪事。真是祸不单行福无双至啊！

师长家有一个小型的冰柜，因为师长家属小仙子在市里面上班，平时用得特别少，后来小湘子发现鸡蛋和苹果放在室内温度高，怕坏了，就二话不说，自作主张将鸡蛋和苹果都放进了冰柜里，也许是小湘子以为冰柜就是冰箱吧，反正是好心办了个错事。过些天，待小仙子阿姨从市里回家后才发现鸡蛋和苹果都坏了。当时，小仙子也没说什么，反而感到小湘子这孩子挺可爱的。没想到的是，小湘子竟然傻乎乎地主动向班长汇报了。同样，班长又作为“人事件”向管理科领导汇报了。就这样，两件原本不应该发生的事情却同时发生在了小湘子身上，这也就成了否定小湘子新勤务员身份的充分理由。当管理科协理员为此事向师长家属小仙子作特别汇报时，小仙子却出人意料地说：“小湘子这孩子挺好的，为人诚实肯干。”同样一句话，但是师长家属说的一句话，也为小湘子未来的人生创造了一次机会，甚至可以说改变了小湘子往后的命运。直到小湘子提干、上军校、分配，等等，当然这是后话了。于是，从那以后，小湘子就正式成为师长的勤务员，一干就是三年，这是首长公务班的历史上很少出现的现象。

要说小仙子还真没有看错人。

那时候，小仙子已经是副教授了，平时一有空，小仙子就和小湘子拉拉家常。也许是受小仙子阿姨的影响吧，小湘子也不像刚当兵那会儿了，什么都不知道！什么入党、考学、提干、学技术，脑子里连那个意识都没有。后来是小仙子阿姨对小湘子说：“小湘子呀！你也不能老在师长家里当勤务员呀！你也得想想你的未来。如考学提干什么的，到时不也就成了军官了吗？这样再回老家的时候，那该多有出息呀！”“不，我才不想那些呢！我只想给师长和阿姨当一辈子勤务员。”“傻孩子，你必须得有自己的打算，你们师长也不能一辈子当师长呀。再说了，你还这么小。好好努力啊！你要是觉得军校不好考，那你可以考虑提干呀！只要你表现好了，到时你们师长也好帮你说话呀！”“那……那我该怎么努力啊？”“这样，我到时帮你找点书什么的，你们师里不是非常重视新闻宣传吗？到时你练练写稿子，我到时再找人帮你改改。往后再立个功什么的，不就有提干的条件了吗?”“那好吧!”从那以后，小湘子只要有空就看小仙子阿姨给他的书，有空就写报道。别看开始的时候写得不怎么样，语言都不通顺，错别字也是字里行间经常有。慢慢地，慢慢地，小湘子还真写得像那么回事了，后来竟然还在军报上发表了稿子。就连后来进了军校，也是学员队的新闻报道员。再往后就什么文件材料、讲话总结稿都会写了，基础也好多了。否则，秘书可不是谁都能当的。

人们都说：“物以类聚，人以群分。”这话还真不错。不知道小湘子本身就是这样的人，还是受师长和小仙子的感染比较深的原因。小湘子反正是一个很重感情的人，社会上一些不太好的现象似乎没有影响到他。

就拿当秘书这件事来说吧！别的秘书给首长当秘书的时候，都会选择在首长退休之前赶紧找个机会去部队任职，弄个处长、政委什么的干干，比起当秘书来说要滋润多了，可小湘子不一样。将军在退休前都已经给他考虑到这事了，还与小湘子谈了一次话，可小湘子却没有接受将军的好意，而是语气非常坚定地说：“首长，我喜欢跟着你干。能给首长当秘书我就很心满意足了，对其他我没兴趣。”要说这小湘子也够有个性的。将军给他安排个职位干干，他却不领情。将军说：“毛主席说你们是早上八九点钟的太阳，未来还有许多事情需要你们去干，不像我们，已经是夕阳了。你可得好好考虑。”“首长，不用考虑了。真的，我的未来很简单，能跟首长在一起就行。”既然小湘子的态度非常坚决，将军也就不好说什么了。在将军的心里，他还真是挺喜欢眼前这位年轻人的。别看他年纪小，什么都会干，这不仅仅是因为小湘子过去是他的勤务员。将军想起自己除了带兵打仗，其他什么都不会，就连自己照顾自己都不会，不会炒菜，不会做饭，其他就更不用说了。将军有时也经常想：“我要不是在部队，我还能不能干点儿其他的呢？我会什么呢？对了，农村的那套活儿我应该还是会，只是现在这身体去干农活不知道行不行。再说，过去那套干农活的原始工具早就被如今的各种机器替代了。”想着想着，将军的嘴角里露出一丝会心的微笑……

将军在哪里呢？小湘子这会儿还在街上不停地扫视着每个角落。

“首长，首长。”小湘子终于在家乐福超市的出口找到了将军。

将军拎了两只乌鸡和一盒人参。小湘子赶紧上前接过将军手上的东西。可将军硬要自己拿。小湘子也不好说什么，就问：“首长我好为你担心呀！”“这有什么担心的，还会丢了不成？”“那不是，是生怕首长迷路了。首长还要买什么吗？”“哦！对了，你帮我找找，看看有没有卖冰糖葫芦的，要山药糖葫芦。”“有呀，在我们返回的路口就有。”“行，那太好了。等下你帮我买十串。”“是，首长。”

将军和小湘子他们回到家的时候，老婆子与小玲子正在阳台弄花。

阳台上的花可是老婆子的心头肉。自从退休后，一个人在家里养了许多盆花，名贵的普通的，红的绿的，把整个阳台摆满了，就连窗户外面的花都长得格外引人注目。行人从院子外面过，老远就能看到郁郁葱葱、红红艳艳的植物。

将军回家的时候，有时一句话都不说，有时候人还未进门，声音早就到家了。那主要要看将军当时的心情了。今天呢，就是人还未到家，声音早就到了的那种。其实，将军还没有进家门前，小玲子和老婆子也从楼上的阳台看到将军的车子回来了。

见将军回来了，小玲子则迅速下楼去迎接他。而老婆子似乎像将军根本没回来一样——无动于衷。

看着将军与小湘子各自手中提满了东西，小玲子赶紧跑过去接将军的手中的东西。

将军一边将手中的东西递给小玲子，一边问：“你妈呢？”“妈在楼上。妈，你下来呀！老爸回来了。你看老爸给你买什么好东西了。”小玲子说。

这时，老婆子才不紧不慢地从楼上往下走。

小玲子见老妈在下楼，就高高举起生日蛋糕说：“妈，你看老爸给你买什么了?”看着小玲子高高举起的生日蛋糕，老婆子的心情稍微有所好转，脸上也露出了不多见的笑容。说：“他这老东西就惦记着回老家种树，没想到还记得我的生日。真是难得，真是难得。”刚从洗手间出来的将军听到老婆子说的话，不仅没生气，反而乐了。将军说：“东吴不可一日无孙权，刘备不可一日无诸葛亮，而我则无一日不记得老婆子的生日啊！这不，我累是应该的，把人家小湘子也累成这样。”小湘子忙说：“我是应该的，我是应该的。这点事对于我们年轻人来说一点儿也不累。累的是首长呀！如果没什么事的话，首长那我就先回去了。”“走干吗呀！中午一起吃，一起吃。”老婆子说。“小湘子还有小起子（小车司机）就一起在家吃吧!”将军又补充道。

将军的话那就是命令。小湘子与小起子都不好推辞，再说他们都了解将军的性格。于是，就纷纷挽起衣袖，帮着一起下厨。

午饭后，小玲子与丈夫小旋子就准备回家。老婆子要留他们多待一会儿，小玲子说明天周一还得上班，只是简单地坐了坐。但老婆子还是有点儿舍不得小玲子走。就说：“玲儿呀，你每次一回去我这心里就空空的，跟老头子又没什么话说。你看看，都已经退休了，他还要回老家种什么树。他哪能种什么树啊!”说实话，这次回家，小玲子是想把一些话对将军说说的，但一直没有机会。现在老妈都把话说到这份上了，小玲子也就顺口说了：“老爸，其实你有你的想法，我们应该是理解的，但有些事情是需要时间的，需要个轻重缓急。你说你去了湖南老家，老妈也不习惯，既不习惯那里的生活，又不习惯你放下这儿不管。我看呀，爸你还是先别着急回老家，如果硬要回的话，就等生了小孙子后，你再考虑考虑。”

小玲子丈夫小旋子看了看老婆子，又看了看将军后说：“玲子，要不你今天就别回去了，我刚好要加班，在家里也没时间陪你。”小玲子知道这是小旋子在给她台阶下，就说：“那也行吧！你就先回去吧!”小旋子借着小玲子的话就先回去了。一手拎着鸡，一手拎着人参。

刚才听小玲子这么一说，老婆子难免有些抽泣了。将军没有说什么，只是从沙发上站起来，背着手，在客厅里来回踱步。待将军停下来喝一口饭前泡上的龙井茶后说：“好吧！你老妈的心情我能够理解，你的意思我也能够明白。其实事情很简单，到时候再说吧，现在我们大家都放下包袱，该怎么过就怎么过。玲子你要是有事你就先回去，这里没什么事了。”

小玲子看了看老婆子说：“老爸，没什么事就好。今天周末，晚上大院有电影。爸妈要没事也去看看。平时老爸没时间，这回也该陪陪老妈去了。”“行，晚上我俩去看电影。那你就先回去吧！”将军说。老婆子也说：“没什么事，妈想你了，你再过来也行。”“行，爸妈那我就先回了。”小玲子说。在小玲子出门前，老婆子又把另外的几根糖葫芦，还有几样朋友从澳大利亚带回来的水果包好给小玲子拿着。老婆子一直把小玲子送出门口，连小玲子的背影都看不到后，才回到屋里。

老婆子回到屋里后，将军还在踱步，这回是端着雕刻有飞龙图案的紫砂杯子。将军见老婆子说：“这小旋子怎么还是有些放不开，与小玲子结婚都快两年了。你说我退休前放不开也还好理解点，可我现在都退休了，已经不是他的上级了。唉！这孩子。”“别说小旋子了，就你那个样，谁不这样？平时要么不说话，要么说话就像大领导。谁能受得了？可想而知，这么些年你该知道我是怎么过来的吧！就你这样，还想着种树，不把树给吓倒了才怪呢！”“我就不信这个邪，别的不行，难道种树也不行？”将军边说边笑了。老婆子也跟着笑了。其实，将军的言语里，多少有些把种树当成了一件没什么大不了的事情。这回将军有些轻敌了。

说起小旋子，在不同的人心目中，就有一个不同的小旋子。

那是将军在职时的事情了。

一次，将军去坦克团检查工作。不知是因为事先没有通知，还是那次坦克团干部反应集体慢半拍。将军在部队营院走着，一些干部像个小战士一般，要不大老远就避开将军，要不见了将军就由齐步变成了跑步，反正一个意思，就是都没有搭理将军，不是躲着就是避着，一个个就好像老鼠见到猫一样，这让将军感到有些莫名其妙。要是在平时，到了哪个部队，都会迎来无数个敬礼和问候。不过，那时候也没太在意。当大家都没向自己打招呼时，倒有些不舒服了。将军对自己的思想情绪也感到有些莫名其妙。其实将军哪里知道，因为他的到来太突然了，以至于大家都没怎么注意到他。就在将军边走边沉思的时候，突然被一个声音惊醒："首长好！"

将军恍然大悟地定睛一看，原来是一个小中尉在向自己敬礼。也许是将军猛一看没在意，当将军笑了笑还礼的时候，发现这个小中尉长得白白净净、文质彬彬的，印象还不错。于是，将军顺便问了问："你叫什么名字？哪个单位的？"

"报告首长，我叫小旋子，是坦克三营一连连长。""噢！好！"将军说话的同时，也用赞许的目光点了点头。也许小旋子这个时候没去想更多的事情，但并不能代表将军不去想些其他的。原来将军在这个团当过团长，自己也正是从三营一连出来的。对老部队那种感情，那种感受，尤其像将军这样参加过战争、体验过战火纷飞生死别离的军人，那是一般的军人无法想象和体会的。

接下来不必说，坦克三营一连肯定是要去看看的。

步入三营营院和一连，看到崭新的营院和新换装的武器装备，将军打心眼里高兴，那种高兴甚至比生小玲子那会儿还要多。在将军的眼里，小玲子只不过是他部队里面成千上万名士兵中的一员，而新武器装备则是第二生命。

将军下去检查工作最反感的就是前呼后拥的陪同，然而，将军越反感什么，似乎基层部队越重视什么。在大家的引领下，将军专门去了一趟一连和连史馆里看了看。将军因为平时工作忙，有近十年没来一连转转了。

在荣誉室里，可以说将军的“熟人”最多。别看在场的这长那长的参观的样子比将军还要认真，但他们都是冲着将军来的，而将军才是真正的冲着这些“熟人”来的。看着墙上挂着的曾经一起战斗过的战友们的照片，将军内心深处汹涌澎湃，感慨万千。尤其是看到大豹子的照片时，将军忍不住热泪盈眶。与大豹子朝夕相处的日子又一幕幕在自己的脑海里展现，特别是大豹子牺牲前的那次冲锋，那个镜头就像被刀雕刻在将军的心上一样。只要将军触碰到了那一处，大豹子的音容笑貌就会出现在将军眼前。也正是在这个时候，将军再一次想起了大豹子的遗愿，这也就更进一步地坚定了将军的打算。将军会有什么样的打算呢？参观完一连后，在连队干部的要求下，将军和大家一一照了合影。当将军知道一连连长，也就是先前给他敬礼的小旋子是地方大学生特招入伍后，更是非常振奋。因为将军知道，自己过去带的兵除了敢打敢杀敢拼以外，文化知识方面的确差得远，包括后来的多任连队主官也都只是单纯的军事院校毕业。当然，这并不是否认或者戴有色眼镜看待军事院校毕业生，只是从地方大学特招入伍的干部知识面相对而言要更广泛一些，专业方面都更为精细一些。再说了，在将军的眼里，从地方大学入伍的干部无非两类，一类是干政工，一类是干技术，但能担任作战部队的战斗连队军事主官，这就不得不给将军眼前一亮的感觉。也是从那时起，将军对小旋子有了印象。后来的接见地方入伍大学生干部代表和基层优秀军事主官时，印象则更为深刻了。当然，值得将军去关注的事情很多，但不管怎么忙，将军都会留一点空间来关注三营一连以及小旋子。

对于小玲子与小旋子的认识，那可以用无巧不成书来形容。

小玲子出国留学前，需要办理许多相关的事情，而办理这些事情又需要时间，也就是说需要一个漫长的过程。有时候小玲子待在家里实在烦了就用将军那台连接军网的电脑上军网，并化名为“叮叮当”。一天，小玲子偶遇一个网名为“军号的方向”的网友。

叮叮当："嘿！忧伤的军号，怎么了？好像不高兴。我这儿有灵丹妙药可以令军号找到冲锋的方向呀！嘻嘻……"

军号的方向："非常严肃地告诉你，我是'军号的方向'，而不是'忧伤的军号'。我不要别人的灵丹妙药，我这儿多得很。"

叮叮当："好心没好报。我还懒得管你忧伤不忧伤，方向不方向，军号不军号的。反正我看了你的名字后，觉得你不像个真正的军人。"

军号的方向："我本来就不是军人，再说了，你是什么样的感受似乎与我无关。"

叮叮当："你不是军人怎么能上军网。"

军号的方向："奇怪吧！就是不告诉你。谁又能确定你就是军人呢？"

叮叮当："我是不是军人并不重要。重要的是你的军号为何没有方向？我是个快乐的人，我只想希望用我的快乐去影响身边的人。同样，我也希望能给你带去快乐，带去方向。"

军号的方向："快乐?！上帝说过我很快乐吗？说过我不快乐吗？其实军号并不能代表快乐，军号同样也不能代表忧伤。只是我让军号有了生命，让她奏响生命的乐章，寻找一个锐利的方向。"

叮叮当："你和我一样地清楚，军号并不代表什么。依我来看，军号代表着你的思想感情，说是寻找军号的方向，确切一点儿说就是你的忧伤。只是我不知道你寻找的方向在哪里，为何而忧伤。可以把你的故事讲给我听听吗？"

军号的方向："算你聪明，也许用忧伤有些太牵强了，用烦恼来形容也许会更贴切。好吧！看在你快乐的份上就和你说说吧！但必须保密。早两天我们师又有一个和我同期入伍的大学生干部准备退伍了，算上他已经是第四个了。我们那年总共才特招了六个人。现在另外一个和我一样，也有些动摇了。因为他们都认为现实中的部队与想象中的部队实在差得太远！"

叮叮当："部队不是挺好的吗？你们特招大学生的待遇也挺好呀！为何要撕毁协议，退伍回家呢？现实中又有什么差别呢？"

军号的方向："唉！说来话长。当初我们正因为这个才入伍的。从现实角度来讲吧，现在大学生毕业就业压力大不说，也很难找到骄子的感觉，甚至于你说是某某大学毕业，人家都不屑一顾。但部队不一样，只要各项条件能达标，就能光荣地入伍了，并且是一个副连级军官，有身份有地位，所以我的同学们都愿意特招入伍。而从理想角度来讲吧，却失落太大，我们当初被特招入伍，总以为到部队后就是操枪弄炮，神气威风不说，起码用时下流行的话说'很男人'。可待我们到了部队之后才发现，各人一下子很难干上本专业，而是先下基层部队锻炼，天天是没完没了的出操、集合、政治教育、打扫卫生、整理内务，等等，都是些鸡毛蒜皮的事情，把人磨得一点锐气都没了，就更别说脾气了。而且基层的各种条件与大学生活环境截然不同，所以一起入伍的那几个都纷纷打起了退堂鼓，这不，已经走了四个了。下一个不知道是我还是他。"

叮叮当："哈哈，就这点事呀！不是我笑话你，这太简单了。我也差点儿被特招入伍呢。如果我不是选择了出国，没准这会儿我们就成了战友。不过，我入伍倒不是因为你们那样患得患失，反倒我觉得那样挺好。我们这一代年轻人，哪吃过什么苦呀，而部队恰恰就是一个吃苦耐劳的地方。其实不管是干部还是战士，都必须经过基层锻炼这一关的，否则，是很难适应部队，也是很难成为有用之材的，只有这样才会磨炼和锤打你的意志、精神和品质。我给你说吧，只要你再坚持一下，或者把心态往下放一放，调整好，多想一想人家战士能这样做，我为什么就不能这样做，你肯定就会改变。总之一句话，对未来一定要充满信心。实话告诉你，不吃苦中苦，是成不了将军的，天底下没有免费的午餐。"

……

在后来的网聊中，小旋子一直把小玲子当作大哥来对待。比较心细的小旋子也从小玲子的网聊中感觉出对方一定不是个一般的人物，至于究竟是干什么的还不好说。毕竟这个“叮叮当”有许多地方没说实话，而自己也不方便细问。这就是网聊，这就是网聊的潜规则。

此时正在基层挂职锻炼的小旋子，并不好说“叮叮当”给他带去了快乐，但有一点是可以认可的。那就是自从与“叮叮当”聊天后，发现自己的心态和精神面貌都在一点儿一点儿地转变。人有时候就是这么怪，关心自己的领导天天找着谈心，做思想工作，自己不仅没有转变，反而有了逆反心理，好像领导对自己的关心那都是假的、虚的、不能接受的。可一个无关紧要的人的一句话却会使自己大有变化。小旋子也属于这类人。小旋子再三要求，可“叮叮当”小玲子并没有立即答应与小旋子见面。用小玲子自己的话说，她可不是一个随便的人。

他们第一次见面是小玲子出国一年后，回家休假的时候了。那时，小旋子刚知道“叮叮当”小玲子是个女孩儿，但他不知道小玲子就是将军的女儿。这一年多时间里，小玲子在国外孤单的时候总会有一个小旋子在安慰和关心她，而小旋子则早就从特招入伍时的阴影中走出，对自己之前的表现进行了深刻的反思，他也早就立志放话说“不想当将军的士兵不是好士兵”。

第一次见面时，小旋子大大地吃了一惊。他真的不敢相信，这个“叮叮当”小玲子长得这么美，披肩的秀发乌黑透亮，皮肤白皙中透着樱红，樱桃小嘴鲜红，恰到好处，双目就像两颗纯熟的大葡萄，闪烁光芒又含情脉脉，身材标致，凹凸有致，毫不夸张地说，香港明星张柏芝也不比小玲子强啊！用小旋子后来的话说：“在见到小玲子第一眼的时候，产生的第一反应就是自己已无可抗拒地爱上了她。”也许这就是美女效应。想当初，小玲子在国外的时候，小旋子想让她用电子邮件发些照片过来，小玲子硬是不肯，一张都不发，还总说看了只会让小旋子失望。没想到“叮叮当”小玲子这么漂亮。至于小玲子对小旋子的印象则没怎么出乎意料，阳刚不足稍显书生气，英武不足稍缺成熟感。如果说他俩在网上聊得很投机，这回见面之后都将适时调整个人的心态。对于军人，小玲子不敢说非常了解，但也是深有感触，不仅老妈早就说过找男朋友不要找军人，自己也是从内心里有些排斥。但经过与小旋子的交往后，她发现，小旋子与一般的军人似乎有所不一样，至于哪些地方不一样，小玲子说不出来，但感觉小旋子与老爸和外公都是不一样的军人。

总之，从第一次见面之后，小玲子对小旋子的印象还是蛮不错的。为了不让小旋子心理上产生压力，小玲子一直没有将爸妈的情况对他说。小旋子偶尔问起时，打个马虎眼就过去了，小旋子也就不好意思再细问了。之后，就该小旋子的不断进攻了。其实，那会儿小旋子心里根本就没有底，追小玲子也是抱着试一试的态度，追上了最好，追不上也不后悔。

女儿的心跳不能隐瞒母亲的眼睛，女儿的脸红则更不能隐瞒母亲的直觉。在家休假的时间是非常短暂的，即便如此，母亲还是发现小玲子有点恋爱的意思了。只是母亲问她，她不说而已。

在小玲子结束留学生活之前，甚至可以说在未带小旋子进家门之前，老婆子还不知道小玲子的男朋友是军人。当然我们不敢想象，小玲子母亲要是早知道了小玲子的男朋友是军人，那将是什么样的后果。

那时候，小旋子还是坦克团三营一连的连长，不过他已经考上了军队最高学府——国防大学的研究生了。本来小玲子还不想让小旋子去见父母，但小旋子说是该见小玲子父母的时候了。没有办法，事已至此，小玲子只好妥协了，但小玲子提了一个建议，就是要小旋子穿便衣，不去家里，不见老爸，把老妈约出来见面。小旋子一听就有点儿生气了，他说："这算哪门子事，我就是特意要去拜见伯父伯母的。结果却用这种方式，那有点儿太不像话了。""小旋子，你不听我的安排，你会后悔的。"小玲子说着说着就哭了。这一回又该小旋子有些不知所措了。他一边安慰小玲子，又一边不停地问这是为什么，反正当时他们俩闹得很不愉快。

最后，小玲子把家里所有的情况都对小旋子说了。

小旋子听后心跳突然加快，大脑一片空白。他也不知道该怎么办了。这也太出人意料了！许多个没想到在小旋子的脑海里盘旋。怎么可能呢？怎么可能小玲子是首长的女儿呢？小旋子感到这太不可思议了，他脑子里一片空白，似乎所有的思维都在一瞬间短路。

但为了证明自己对小玲子的爱是不可动摇的，小旋子还是毅然决定去面见小玲子父母，而且是穿军装。他说了："不管前面是刀山还是火海，我都会义无反顾地向前向前。"

不过，就在小旋子下定决心的时候，他突然又想到了另外一件事。

前段时间还在战友们嘴前传来传去的话怎么也会让自己赶上呢！原来，前段时间师政治部干部科有位干事去了军区一位首长家里相亲，结果就因为首长家各种礼数太多而退却。用那位干事的话说，在首长家吃饭都是用那种特别小特别秀气的碗，吃一碗吧，少了，再吃吧，又觉得不礼貌，反正那不像相亲，倒有几分像去了王宫，说话办事时时处处都得小心翼翼，如履薄冰如临深渊啊！到最后，还没敢看女孩子长什么样。这古人说的门当户对还真有其道理。我一个小干部想与高级将领的女儿成亲还真不简单。当然，这样的相亲也就成了没有下文可言。

虽然在去小玲子家之前，小旋子给自己打足了气，小玲子也给他不断地打气，但在去的路上还是忐忑不安，一会儿整整衣服，一会儿摸摸军帽，生怕什么地方马虎了。

在他们到家之前，小玲子母亲还挺期待，因为之前小玲子一直都没把实情告诉老婆子，只是说一定会带回个惊喜。将军则端坐在客厅的沙发上，戴着老花眼镜看军报。可小旋子来到家里之后，立马给将军敬了个军礼，这比原来给将军敬的军礼还要标准和认真。接下来就是将军和小旋子的眼神都不自然，尤其是将军，说不上是尴尬还是惊讶，也说不上是高兴还是严肃，反正眼神特别好玩，就好像上天给将军开了一个玩笑。而小玲子母亲看到小旋子也是一身军装后，就显得非常失望了，顿时那股将军夫人的威严感和优越感就在心里头不停地荡漾开了。其实，要说小玲子母亲老婆子每回在这个时候都显得非常的尊贵，毕竟她先前是将军的女儿，现在又是将军的夫人。

小旋子显然很紧张，他不知道等待他的是什么结果。幸好身旁有小玲子，加再上将军本人一点儿架子都没有，之前相互都认识，只是老婆子时不时地摆摆谱儿。可每当这时，小玲子都会说："妈，你又来了。"就这样，尽管老婆子不愿意也怕自己女儿嫁给军人，但在小玲子与将军的赞成之下，老婆子也当起甩手掌柜，说："随你们便吧！反正幸福不幸福自己知道，未来的颜色是什么样，那是谁也不知道。"

将军自从答应大家，待小玲子生了孩子再去湖南老家后，平时没事的时候就开始练习书法了。将军有时还常在老婆子面前说书法不仅是中华民族的瑰宝，独特的文化景观，同时还能修身养性。老婆子则说："你练你的书法吧！我养我的花，空着的时候再一起出去转转，这该多好呀！你说你，非要回湖南种什么树？再说种树也没你想象的那么简单。如果你真要去的话，等你在湖南那边安排好了，选个气候不错的月份我再去看看。那边熟悉的人已经不多了吧！""怎么说熟悉的人不多呢？我们一大家子这么大，那我每次不是给老家里打电话，那给谁打呀？"将军说。"唉！随你便吧！反正这一辈子也没指望你干什么。"老婆子叹着气说。

没过多久，将军还专门安排他的小车司机小起子回山西老家休假。说句实话，小起子也真想休假，只是一直没好意思对将军讲。因为小起子家那边如今出了点事情。说大也不大，说小也不小，说不急吧还挺急。原来，小起子的对象小叶子跟他闹别扭了。

小叶子闹别扭的原因很多，简而言之主要是两点。一是因为小起子好久没回家了，第二个原因是间接的，却是最重要的——因为将军回家种树的事情。

说起小起子与小叶子的爱情故事，用当前的小年轻儿谈恋爱的方式来说，就显得有些老土了，既缺新意，又不浪漫。说白了，他俩连自由恋爱都不算，要算也只能算是半自由恋爱。

小起子与小叶子结识的那一年，是小起子将要去给将军开车之前休的假。因为小起子听过去的老司机说过，一旦给首长开车，回家休假的事可没了准。而自己马上就要给首长开车了，而这位首长又不是一般的人物。于是，小起子就屁颠屁颠地回家休假了。至于他与小叶子的爱情那纯属一个意外收获。

平时小起子休假，是怎么回家的，还会怎么回部队。这次就不一样了，因为自己马上就要给将军开车了。这条消息在小起子老家的那个小山村里，并不亚于一颗原子弹爆炸，消息在极短的时间内就传遍了村里村外。村里人虽然都没有见过将军是什么样儿的，但一说起“将军”这两个字，却是从老到少、从上到下，没有不知道的。小叶子她爸并不是第一时间知道小起子要给将军开车的，但自从他知道这事后，第一时间就有了反应了。他看了看小叶子，又想了想小起子一家。于是，作决定前，小叶子爸先是了解掌握了小起子还没有对象。然后，找了个机会，他就去了小起子家。按理说，办这事需邀请媒婆的。为了省钱，小叶子他爸精明到连媒婆都无须请的地步了。尽管他没请媒婆，但他把事也给办成了。

小叶子爸与小起子爸认识，那是从这个世界上还没有小起子和小叶子的时候就开始了。两个老相识随便东扯扯、西扯扯之后，小叶子爸就步入主题了。谁知与小起子他爸一拍即合。当然没过多久，小起子他爸就后悔了，那是后话。因为小叶子的事与小起子定下来之后，一些不知情的人还跑到小起子家里来说媒，并且女方的各样条件都要优于小叶子家。

两位老人谈好之后，就约定小叶子与小起子见面。两个小年轻儿见过面之后，小叶子不用说，肯定愿意。小起子也没说不好，既然父辈这么定了，那就这么定了。再说，其他与自己同期入伍的战友大都有了女朋友，自己虽说不是很急，但面子上总要过得去。于是，按照当地的风俗，把该办的事，在小起子回部队之前都按部就班地走了一下程序。

自这之后，小叶子与小起子几乎都是写信联系。只有待小叶子去镇里办事的时候，才能用公用电话通次话。不知为什么，小起子刚开始与小叶子通通话感觉还可以，但次数多了，就觉得小叶子说话的声音难听了，比起他们部队的小女兵来说，简直差远了。所以往后的通话，小起子觉得越来越没劲了，每次接电话都是应付。小起子的变化也让小叶子感觉到了什么，于是，每次都催小起子早点回来，当面把一些事情说清楚。尤其是当小叶子得知小起子准备跟将军去湖南老家种树后，就更着急了。

这回小起子回到山西老家李家村后，尽管他已经给将军开专车很久了，但心情似乎还不如上次没给将军开车之前回家的心情好。

回家后，小起子还没来得及去找小叶子，第二天一大早，小叶子就来找小起子了。他俩相约来到李家村村东头的小山林边。

小叶子问："你什么意思？"

小起子说："没什么意思，的确是部队的事情太多。"

小叶子说："你真的要跟你那位退了休的将军回家种树吗？"

小起子说："应该是吧！首长要去那儿，我也得去。"

小叶子说："如果你去跟他种树，那往后哪还有什么出息呀！跟他去种树，还不如回家挖煤了。虽然挖煤危险，但总离家近点。"

小起子说："你不要他他他，他是谁？他是将军，是我的首长，你要学会尊敬人。"

小叶子说："将军，在台上的时候叫叫还可以，下了台，和我一样，平民老百姓一个，该叫他什么就叫他什么。"

小起子说："你这个人怎么这样？过去仙子阿姨不还寄过礼物给你吗？你怎么能这样说人家。"

小叶子说：“我不管，他是你的首长，又不是我的首长，我该干吗就干吗！”

小起子说：“你说吧！你想怎么样吧？”小起子有些生气了。其实小起子好久没生气了。真的，自从给将军开小车后，就再也没什么事情让他去生气了。首长对自己关心，战友和领导对自己尊敬。这小起子没生气还好点儿，一生气脸就发红。

小叶子说：“不想怎么样！我能怎么样？我也是为了你好。就是要你别再给他开车了。如果真的跟他去了他老家种树，那真的没意思。你也得为我们的未来考虑。如果你不给他开车了，依然留在市里，那该多好呀！再说了，他对你一直不错，你给他提这样一个小小的要求应该没问题。然后，他再要一个司机不就成了吗？”

小起子说：“嘿嘿！真是笑话。是你的未来还是我们的未来？人家在职的时候你就跟人家，人家不在职你就不跟人家；跟人家吃甜的就上，跟人家吃苦就跑。那不是我的风格。”小起子说话的时候，眼睛朝着部队所在的方向眺望，他好像在心里暗暗发誓一般。对小叶子的言语，他已经有点儿不耐烦了，如果说之前已经有些看不上小叶子，此时此刻，他已经非常肯定之前的看法了，他觉得小叶子这人太那个了。

小叶子不一样，她似乎还不明白小起子此时此刻的想法，或者她已经明白，但为了她心中的未来，她还得去博弈一次。她说：“小起子，我告诉你，你别自以为是，这可是我爸的意思。如果你不同意，那我让我爸去跟你爸说。我看你怎么说。”说完，小叶子也生气了，不仅生气了，还要回家告状了。

小起子说：“随便，反正跟你也说不清。做人一点儿原则都没有！”最后，小起子与小叶子闹得很不愉快，回家的时候也是各自朝着不同的方向走各自的。不过，小起子是举着根随手摘的柳条晃晃悠悠地走回家的，而小叶子则是一路小跑着回家的，并且眼眶里涌着泪。

如果说小起子回家对于别人来说不算什么大事，但对于小叶子一家来说，那就是天大的事，因为事关着小叶子的未来。

小叶子找小起子的第二天，小叶子他爸又来找小起子他爸了。事情其实很简单，基本上与小叶子和小起子前一天谈的话内容差不多。

不过，小起子他爸好像没有小起子本人那么意志坚定，因为他在小叶子爸的劝说下，也有些动心了。于是，待小叶子他爸走后，小起子他爸就立马找小起子了。

小起子他爸说："起子啊！你对老首长的感情我是能够理解的，再说老首长对你也很好。但做人往往不能感情用事。孩子呀，俗话说'不听老人言，吃亏在眼前'，作为我们来说，都希望你和小叶子好呀！"

小起子说："爸，你还没有看出来，小叶子和她爸都是势利眼，看人家好，就跟着人家，看人家不好，就不跟人家。我怀疑当初与我处对象就是因为我给将军开车。我最反感这样的人了。爸以前不也总是说做人要知恩图报吗？"

小起子他爸说："事是这么个理，但你去了首长他们老家种树，那小叶子去哪儿看你？你和小叶子怎么办？还有没有机会生活在城里呢？这可是你当了兵，又给将军开车，要是凭咱们家这条件，找对象可也不好找呀！"

小起子说："不好找就不好找，我就不信男子汉找不到老婆。爸，说实话，要不是看在你的分上，我还不想和她谈了，一点儿都不支持我的工作。"

小起子他爸说："孩子，你要是真心不想和她好，那你自己还要仔细考虑考虑。这可是你一辈子的事，我这边你就不用想得太多，毕竟往后是你们俩生活一辈子。不过，我有句土话要告诉你，到头别抓不到兔子放跑了山鸡。"

后来，在双方父母的撮合下，小起子与小叶子又在一起聚了聚，先前那股子火药味稍减轻了不少。不过，最后小叶子放话说："你要是不想办法留在市里，真的跟他去种树的话，那我们俩就分手，我是女孩子，我等不起。反正哪头重，哪头轻，你再好好想想。这也是我爸的意思。”

小起子听小叶子这么说，表面上只是笑了笑，但心里面已经在小叶子说完话的瞬间作出了抉择，他知道自己该怎么做。小起子回部队前，小叶子她爸给她买了一个手机卡，说往后通话方便。这不明摆着是让小起子买手机吗？否则，没有手机买什么手机卡啊？小起子想起来觉得有意思。于是，在回部队之前，还真给小叶子买了一部手机。作为小起子，他心里想得非常明白，不管怎么样，哪怕是个朋友，就算送给她的吧！

小起子回到部队后，说心情好吧，那是不可能。说心情不好吧，又感觉有了某种解脱。小叶子的话很明白，小起子也很明白，自从与小叶子最后一次分别时，他就作出了选择。他感觉自己与小叶子不是一类人，她有她的生活，自己有自己的原则。谁也不能怪谁。想通了，小起子就开始轻装上阵了。回到部队，他并没有马上去将军家，而是先去了首长小车队的李助理家。

说起李助理，就不得不说起小起子进首长小车队的那些个花絮了。

小起子当初能进首长小车队，给将军开车，那与李助理还挺有关系。

先是小起子在原来的单位领导那儿听到消息说，上面有一位将军的司机将面临转业，现在需要一个小车司机。据说，将军是湖南人，原来在山西的部队待过，对山西人的印象不错，他过去的司机都是山西人，所以想找一位山西籍的战士给他开车。原单位那位领导也是管车的，他与现在的李助理是同一个军校毕业的同学，平时关系不错，联系也很密切。言下之意是叫他帮助物色一个各方面都不错的山西小伙子给将军开车。

原单位领导之所以跟小起子说，是觉得小起子这孩子不错。当兵时间不长，开车已经有两年多了，对市里的交通也比较熟悉，最关键的是，小起子刚好是山西人，平时各方面的表现也不错，基本上与李助理说的情况不差上下。原单位领导对小起子说，也是有另外一个原因的，那就是看小起子本人愿意不愿意，因为给首长开车属于自己的时间相对其他小车司机就少多了，包括每年的探亲假都不敢保证一定能休。

令原单位领导没想到的是，与小起子说完，小起子显得非常高兴，当即表示愿意。还说：“当兵不怕吃苦，怕吃苦就不当兵。再说，给首长开车可不是一般人能开上的，怎么着也要比基层的战士站岗放哨强吧！”待原单位领导把小起子的情况对首长小车队的李助理说完之后，李助理也觉得小起子的条件不错。加上是老同学推荐的，更应该不会差。不过，之后李助理撂下了一句“考虑考虑再说”的话语。其实，李助理的话非常明白了。原单位领导也反应快，当天夜里就找小起子谈话说：“这事你考虑清楚了没？如果下定决心，那我们该怎么办就怎么办！至于能办到哪一步，到时再说，最起码我们得先努力。另外我要告诉你的是，只要首长那边要人，人员的调动手续什么的就不用你操心，肯定会有人给你办得好好的。现在最重要的是，你得先表现给负责帮将军挑司机的李助理的认可。毕竟人家只是听了我的一面之词，还没见你人，也不知道你的具体情况。如果你打定主意，明天就请个假，给李助理买两瓶好酒，他爱喝茶，再买点茶叶什么的就可以了，先到他家去坐坐，联系联系一下感情，看他怎么说。”

原单位领导给小起子说得很明白了，但小起子之前并没有干过这种送礼的事情，心里就感到多少有些别扭。原单位领导似乎看出了小起子的心思，就说：“这不是送礼，这叫联系感情。你就去吧！没钱先到我这里拿着。”说起钱，小起子还是有的，当兵第三年就转士官拿工资了。最后，小起子碍着原单位领导的面，决定去看看李助理。原单位领导还把李助理家的电话号码和坐车路线都一起告诉了小起子。

事情的经过就像原单位领导说的一模一样。人家李助理对自己的印象一下子就好了。满口答应小起子说：“你在单位等通知吧！”从李助理家回来之后，李助理还给原单位领导打电话说：“安排小起子休个探亲假吧，要不往后给将军开小车的时间就紧了。”原单位领导也就做个顺水人情，并把李助理的话又复制了一遍，说：“趁着这个好机会，赶紧休假，如果给将军开小车，就不好休假了。”

与小叶子相亲，也正是小起子那个时候休假办的要事。所以说，不管怎么样，李助理算是帮助过自己的人，而且在小起子这次休假的时候，李助理还给了小起子两包百合，说是捎给小起子父母煮粥喝的，对身体好。这着实让小起子感动加激动了一把。虽然现在小起子办什么事都不需要李助理的帮忙，但李助理对他这样，这当然令小起子感动了。于是，小起子回部队的第一件事，就是去李助理家中坐坐，并把从老家带来的两瓶汾酒和其他的一些土特产送给李助理。

来到李助理家后，李助理非常客气，和原来一样。

李助理本来炒好菜准备吃饭，看到小起子来后，立马又叫家属去炒了两个下酒菜，说：“赶着小起子还没去给首长开车之前与小起子喝两个。”到了酒桌上，李助理的话似乎一下子就多了起来，一会儿问问小起子家里情况，一会儿问问小起子的个人情况，一会儿又叫家属帮小起子物色个对象等，反正从李助理的言语里，小起子能够感觉到李助理非常关心他。当然，李助理最关心的还是将军，这是李助理的特点，他在关心小起子这些小车司机的同时，好像更关心各位首长家里的情况，这对于李助理来说太重要了。可以说，在整个大院里，李助理最了解各位首长家的内幕情况了，什么张将军爱喝茅台酒，李将军爱美容，刘将军爱看好莱坞大片等，几乎没有李助理不知道的事。你想想，所有首长的小车司机都由他管，所有首长的事情又都瞒不过小车司机。然而，就是这么一个了解首长的车管助理，职务却迟迟得不到提升。不知道是李助理太了解首长们了，还是小车司机们太了解李助理了，还是首长们太不了解李助理了。如果说，在李助理之前没有车管助理的话，那李助理也许会想得通些，正因为前面的两任车管助理都提得特别快。然而，似乎前两任车管助理还不如李助理这么了解首长家里情况，前两任好像也从来不向小车司机们打听什么，什么东家长西家短他们一概不管。唉！还是那句话，习惯有时也会决定命运！从李助理家里出来后，小起子已经觉得有些醉了，下楼梯都是手扶着的，毕竟他平时很少喝酒。因为给首长开车那是绝对不能沾酒的。

去将军家的时候，是小起子把最后两天假休完再去的。要是以往，依小起子的个性，他早就待不住了，早就想见到将军和小仙子阿姨了。

这回是什么原因呢？原来，在李助理家里，小起子说起了将军退休的事情，还说起了要跟将军回老家种树的事情。喝了点酒的李助理一听就极力反对。李助理说："我看那是不能去，除非去之前给你提个干，那才去。否则你想想，首长他反正退休了，在哪待着不是待着？反正工资在哪儿都能领。可你不一样！你是早上几点几点钟的太阳来着，你还有未来。如果去了那个地方，你到时怎么办？不就跟回农村当农民一个样吗？那还不如进城务工的农民工呢！说实话，我还说让你嫂子给你说个对象了，如果去了那里，只怕连对象都不好找了，那么远。就更别说转士官提干了。你看看我管的你们首长小车队，哪年没几个提干的，之前的小刘小王，去年的小李小张，今年听说小许和小陆有戏。那要把他们放在基层能提吗？不可能提。我前段时间掌握一个消息，说一个作战团里有个搞新闻宣传的士官，都三级了，在中央级的报刊发了无数稿件，三等功立了一堆，连二等功都立了，他能提吗？狗屁，就他想提干？连门都没有。如果你不信，你现在可以给那个团打电话证实一下。我跟你这么说，小起子，还是那句话，想提干就得跟首长干。我认为你真不应该去，你是我一手从战友那调来的，我要对你负责，对你的未来负责啊！"李助理所说的话的确是肺腑之言，也的确是关心小起子的话，小起子听了之后也的确有点动摇。再把之前家人的话联系到一起，这不能不令小起子感到左右为难。

如果说，之前小叶子说的他可以不去听，小叶子他爸的话可以不去听，那么李助理，一直对自己关心的李助理说的话就不得不去考虑了。小起子心里越想越不是滋味，感觉现在就能看到跟将军去种树那种场面一样。现在小起子思考的是，对当兵在哪里似乎都无所谓，关键是以后的发展，是未来该怎么办。将军可以不去管未来怎么样，但自己却不能不考虑自己的未来。小起子还想提干，就算不提干，也得在市里面当兵，回个家也算体面一点。

在去将军家里的前两天，也是休假的最后两天里，小起子想了许多许多，不管是家人，还是李助理，还是将军和小仙子阿姨，一个接一个地在自己的脑海里出现。最后考虑来考虑去，觉得李助理的话虽然说得有道理，但总不能这个时候去找将军说自己有情况不想去了，也不能说是因为与对象告吹了而不去吧！前思后想了许久，小起子觉得有些话对小仙子阿姨说说还可以，看阿姨是什么反应，但对将军是绝对不能讲的，小起子不敢。

也许是老婆子这几天脑子里总是乱乱哄哄的，什么小玲子的事，小孩子的事，将军的事，小起子对她说的话，她似乎也听出了什么弦外之音，但总是没时间跟将军说。最后到底跟没跟将军说，连她自己都忘记了。你说这人年纪大了，脑子还真就不够使了。

有时候将军沉思的时候，也会想想小玲子的小时候。就像他今天一样，听到小玲子生了一个白胖小子后，他又想起了小玲子的小时候。心想，这个小玲子，自己还是个没长大的孩子，现在居然也当妈妈了。人这一辈子还真够快的。想到这儿，将军又想到回家种树的事情了。原来说好是待小玲子生完小孩就回湖南，但细一想，这样也不妥，不能自己的女儿刚一生小孩就走吧！这于情于理都有些说不过去。于是，将军打算，干脆等过完年之后再说吧。刚好又是春天，也正是种树的好时节。

这些天老婆子似乎也管不了将军那么多了，似乎他去不去湖南老家种树与自己无关。直到过春节前，也没有谁提起将军回家种树的事。但事就这样，不提起，并不代表没人惦记。这不，春节刚一过，将军就开始做回湖南老家的准备了。

待将军与老婆子说完，老婆子却出奇的平静，回答也令将军非常吃惊。

老婆子说："这事是你自己的事，你就自己安排吧！需要我做什么，你尽管说。我只有两个字——支持。但要提醒你的是，别看种树是小事，对于大山子将军那也是大事，反正不是简单的事。"

你还别说，老婆子这回的表态反倒令将军有些失望，也有点儿失落了。因为在这之前，将军在心里反复练过好几遍，试着这话怎么说，怎么说不会让老婆子激动，自己又该怎么回答。结果说出来并不像自己想象的那样。于是，将军没有多说什么，只是"嗯"了一下。之后，将军又要老婆子陪自己去给小外孙买些日用品和小玲子的营养品。等将军自认为安顿好一切后，就准备动身出发了。

尽管先前老婆子说"支持"时显得很轻松，但待将军要出发的前天夜里，却是彻夜的失眠。在那张她特别钟爱的红木席梦思床上反复睡不着。将军的睡眠质量还不错，和老婆子打完招呼，说他要见周公去了，就呼呼地打起了呼噜。老婆子则是双眼瞪直房顶上那个自己亲手挑选的吊灯发呆，思绪万千，辗转难眠。一会儿想想这，一会儿想想那。看着将军睡得这么香，既有几分妒忌，又有几分羡慕，更有几分心烦。这不，将军只怕是见到周公不到一杯茶的工夫，她又把将军推醒了说："老头子，你别睡了，你的呼噜打得人心里挺烦的。你明天要走了，还是陪我多说说话吧！""啊?!说什么？还是早点儿睡吧！我这儿困得很。"将军半眯着眼，小声地说。"睡睡睡，就知道睡。那你睡吧！"老婆子说着说着就生气了。将军看老婆子跟自己生气了，就觉得好笑，干脆坐起来，背靠着软软的布艺床头，打开床头灯，说："行，我不睡行吗？我把灯也打开了。陪着你。那说什么呀?""说什么？我知道你要说什么?"老婆子沉默了一小会儿又接着说，"去湖南老家后你还会想我吗?""嘿嘿！开玩笑，我不想你那想谁去?"将军觉得老婆子的问话特好笑。"那我哪知道你想谁去？我可告诉你，到那后，干什么事悠着点。这么些年没干体力活了，看你吃不吃得消!"老婆子说。"没关系的。老家那点儿事我又不是没干过。唉！也是，如果大豹子在该多好呀!”因为床头灯有些晃眼，将军眯着眼说。“也是，如果大豹子还活着，你也不用回去了。”老婆子说。“难说，如果大豹子在，没准我还会和他一起去种树。”将军说话的同时又把床头灯关了。因为将军发现老婆子有点儿困了：边说着小起子什么事，一边就有睡意了。

尽管老婆子忘记了到底说没说，但将军却从昨天夜里隐约听出来了关于小起子的一点儿事情。将军也就明白了怎么回事。

第二天一大早，小起子就来了。

将军问他有没有什么个人情况需要组织出面解决的，或者说本身不想跟着自己去。小起子心想：将军怎么早没说，而在这个时候说呢？心里面还有些怪将军了。稍愣了一下，小起子赶紧说：“没，没什么事，车已经被李助理安排好了。”“真的什么事也没有?”将军好像有点儿不相信，眼睛紧盯着小起子的双眼，就又重复了一遍。“没有什么事。我们出发吧!”“那行吧!”小起子感觉这不是说想法的时候。

其实，将军出发前的几天，都没有找小起子谈话，小起子以为将军故意回避。但细一想，这与将军平时的为人风格不一样。将军这个人，平时部属有个什么事，他特在意，特关心。如果把小起子这事放在平时，他肯定会首先尊重小起子的本人意愿。只要小起子说半个不字，将军都很可能不带小起子去湖南老家了。但小起子想来想去，却没有想到是小仙子阿姨把这茬事忘记对将军说了。不过后来，小起子又想通了，觉得要去就去吧。自己是一个小战士，无论是讲大道理，还是讲小道理，自己都没有选择跟将军去，还是选择不跟将军去，这就像他不能把握自己未来的命运一样。再说，将军和小仙子阿姨应该比部队任何一个人都更关心自己。就别说李助理了，李助理的关心有时是经不住推敲的，只要细一想，李助理的关心都是光说不练，纸上谈兵。而将军和小仙子阿姨呢？从来是做了关心你的事都不会说。就不说别的，光小起子的衣服、鞋子、平时吃的用的，将军和小仙子阿姨都没少买，哪项也不低于他们的小玲子呀！可以说，小玲子不在家，将军和阿姨给自己买的东西只会比小玲子多，而不会少。

将军终于回到了梦寐以求的老家。

老家在将军的面前，似乎永远是一个悠长而温馨的梦。当这个梦真正要实现的时候，它却是那么的亲切又陌生，这个梦既没有方向，也没有尽头。

将军的老家什么都变了，城靓了，街宽了，路好走了，人们的穿着都讲究了。粗一算，将军已经有十来年没回老家了。而今的老家，从将军走下火车的那一刻就已经找不到过去的影子了，你看看火车站前面的大广场，很大，四周的风景植被弄得也特别到位，非常养眼。为了不给地方政府添麻烦，也给自己减轻负担，将军以及秘书小湘子没跟任何人提起他要回老家，就连将军的弟弟小山子，将军都没有告诉，免得让大家牵挂。因为将军知道，一旦给小山子说了，消息就很难保证不会传出去，到时候的迎来送往肯定会没完没了。将军现在的心态可以用绚烂至极归于平静来形容，见过太多繁华之后，更希望清静些。

从超市买完东西再上路时，将军特意嘱咐司机小起子把越野车开慢点儿。小起子也很了解将军的心思，车开得又缓又稳。

将军到老家的时候正是清晨。初春的湖南南部早已经是枝绿叶嫩，浓浓的湿气夹杂着雾气透过越野车的挡风玻璃环绕在将军周围。将军像一个离家多日的孩子亲吻着母亲的双乳一般陶醉，这股熟悉而又清新的故乡味道，是那么令将军满足，一下子就感到身心舒畅了许多，旅途的疲劳似乎减轻了许多。从时间上算，尽管在北方部队的时间远远超过了在家待的时间，但在将军的心里面，眷恋着的却还是故乡的气息。

穿过市区和田野后，将军的越野车终于到村口了，令将军没想到的是，今天刚好是老家逢集的日子。许多年纪大点的人们喜欢早起去镇上赶集，这是老一辈遗留下来的风俗，将军同样也知道，毕竟自己小的时候还去赶过集呢！将军的越野车此时显得特别大个，通往村子里面的道路虽然也是水泥路了，但还是小了点，赶集的人们只能靠着边走。过往的人们大老远地就盯着将军的越野车行注目礼，这说明平时进入村子里的小车还是少见的。如果多了，大家根本就不会在意了。看着一些似熟非熟的面孔，将军伸出手来向他们打招呼，有些人好像是认出了将军，就纷纷停下脚步和将军呼应。在往村子里的路上，小起子把车开得更慢了，这可是他给将军开车多年来，第一次走这样的小路。原来跟将军下部时，尽管有许多通往部队的路也很不平坦，但那路够宽，想有多宽就有多宽，满山跑都没问题。也许这就是南方与北方的差别之一吧！

待将军的车子在小山子家门口停稳后，却不见小山子家出来人。小起子自作主张地按了一下喇叭，但又被将军及时制止了。

听到喇叭声后，从屋里跑出来一个四五岁的小姑娘。小姑娘一点儿也不认生，像大人一样问话："你们找哪个?"边说话的时候边看了看将军，又看了看小起子。将军慈祥地笑着用老家话说："你是哪个呀?"因为将军也不知道这个小姑娘是谁。小姑娘说："你不要管我是哪个，我现在问你是哪个，要找哪个。""哈哈，我找你们家大人。"将军说。"那你等着，我去叫我姨奶奶。"原来这个小丫头是小山子堂客（方言，指妻子）姐姐的小孙女儿。

小山子和他堂客一起回来了。因为他堂客听小丫头那么一说觉得不对劲，就赶紧去找小山子。找到小山子那会儿，他还正在水田里甩着竹条吆喝着水牛犁田。

看到大哥回来了，小山子和堂客都很激动。一时半会儿不知道该说什么了。将军说："还很忙啊?""没没，弄着好玩的，反正没什么事。大哥，你回来咋不先通知我一下，也让我有所准备。怎么说也得放个爆竹去集上买个菜什么的呀!"小山子这时才缓过神来。"不用，还放什么爆竹啊！你们事这么多，往后我就可以帮你们干些活了。"将军说。"哪用得着大哥你干活，家里没多少事。"小山子说。"大哥先屋里坐，先进屋吧!"小山子堂客在一旁说。“对对，赶紧先进屋。你看我，光高兴去了，都忘了。”小山子又补充道。

小山子边领着将军进屋，边不停地说：“大哥，你的屋在楼上，去年底就收拾好了。就不知道你住不住得习惯。”小山子家的屋和湖南南部所有盖的大红砖瓦房一样，都是二层，房间够多，房子够大。他引领着将军去二楼，那是年前刚装修的，什么带洗澡的卫生间、坐便器、卧室贴地板砖等都是按城里宾馆要求搞的，里面舒适得很，平时谁也没住过，只是小山子女儿小娟子大学放寒假的时候住过，小娟子说先帮伯伯暖暖房。装修的钱是将军出的，当时将军只想简单弄一下就行，但小山子不答应了，小山子说：“第一现在农村都这样搞，只要住得舒服。第二大哥是将军，怎么着也得和城里一样。”将军拗不过小山子，就勉强答应了，将军倒不是心疼几个钱，关键是他不想去浪费资源和物质。

将军回来了，将军回来了……将军回来的消息不胫而走。当天晚上，远远近近的乡里乡亲有不少赶过来了。想当初，将军可是乡村里多少大人们给小孩子念叨的榜样啊！不过，村子里有一大半人没来，如果都来了，那小山子家里根本站都站不下。没来的人干什么去了呢？自从改革开放以后，村民的思想都搞活了，外出打工的打工，做生意的做生意，尤其是年轻人，没几个在家里。他们都相信那句老话：“人挪活，树挪死”。现在农村里面主要就剩下老人和小孩子。

不管是大人，还是小孩子。既想往将军面前凑，又感到有些不好意思。有的说：“你看看，将军长的就是一副将军相。”有的说：“大山子都这么多年了，说话的声音还是一口的大浦音，一点都没变。”有的说：“哇，将军呀！将军都是这样的吗？”先是将军主动与大家东家长西家短地拉拉，后来，将军有些累了，就是一问一答式。夜里，将军很晚才睡。

第二天一大早起来，将军陪着小山子，小起子陪着将军一起放牛去了，顺便和小山子一起到稻田边转了转，去认了认小山子家的稻田。小山子告诉将军："原来村后面的山都是包给个人的，也种了些树，后来待树长大了些，大家在外出务工之前，都各自把各自家山上的树砍了，卖了钱后就再也没人管了。至于树，一棵没种，现在山上到处长着杂草。"将军问："那现在的山算谁的呢？"小山子说："这不好说，也没法说是国家的，也没法说是个人的。别看山上现在没有种树，一旦种了树，他们肯定都会说山是自己的。农村人就这样！"

上午，将军带着小起子到村里一些年纪长一些的老人家里坐了坐，还给每户老人家捎了点礼品。之后，将军又去父母的坟前去拜了拜，烧了些纸钱，倒了壶酒，摆了些点心。在父母的坟前，将军站了许久，想了许多，那种感觉是这个世界上任何人都没法给予的。

入夜，小山子说："大哥，你这回家一趟不容易，乡里乡亲都要请你到他们家吃饭。时间排得满满的。你看去还是不去？我觉得有些人还是该去的，如大姑家、叔家等。""吃饭的事就再说吧！还有的是时间。"将军略有思考地说。后来小山子把他白天与堂客一起商量的心思也告诉了将军。

他们认为将军回家种树当然是好事，但要看这个树怎么种。如果就种小山子家的山头，那将军想怎么种就怎么种，但其他的山就不好说了。你现在种肯定没人反对，但等树长起之后，村民们到时就有说法了。还有吧！这种树也不是一件轻松的事，现在整个山上四处长满了杂草，有的有多半个人高，人进都进不去，要真是把山上全部种完树，就算把自己山头种满树，可都不是一件简单的事。另外还有层意思是，现在大家都在外面赚钱，山上没人管，你要是把树全种上了，没准还会惹来一些非议，还会说你会有什么想法，村里人就这样。要是能让上面把山全部承包给你个人那还差不多，但这样肯定不可能，因为大哥的户口没在这里，就是上面同意了，村里人怕都不会同意。大哥你都不知道，近些年我们这儿被上面划为了湘江的淹没区，每年都有钱分，有女的不想往外嫁，有儿的就想早点成家，包括过去许多找人托关系把自己户口弄成城镇户口的现在都后悔了，想尽一切办法又要弄回村里来。现在想迁一个人的户口进来，那比登天还难，为迁户口的事闹过不少意见，有的还动起手来。这些人就是这样，平时整个山上闲着一棵树不种没关系，但只要有人把树种起来了，就会有事了。小山子和堂客说得比较客观，村里面就是这些情况，别看自己是将军，要是真有什么事，有些村民还真不会当回事。

第二天将军又和小起子亲自去山上看了看，真是远看不清楚，近看吓一跳。这些山上全都是杂草杂树丛生，想进去人真不容易。将军想找到大豹子当年种下的那些树，可怎么找都找不到，没准也早被人们砍了卖钱了。看完之后，将军心里也有些发毛了，这才意识到自己个人的力量太有限了，回家种树并不是那么一件容易的事，看样子想单纯种点树怕不好实现。先别说方方面面的关系，就在杂草杂树丛生，把整个山种满树，那都不知道要多久。人家愚公移山那是儿孙齐上阵，祖祖辈辈都干同一件事，而自己就一个人，不可能靠老婆子，也没法靠小玲子、小旋子，更不能指望小外孙了。还有，自己回到老家睡几晚上后，就感到身体的各关节不对劲，也许是南方的湿气太重了，这几天膝盖就隐隐发疼。想想这些，将军感到有些力不从心，能把小山子的山上种满就不错了。对能否把整个山上种满树，也不敢抱有多大的希望了，用他自己的话说，那只能种一棵算一棵。

望着由近及远连绵不断的山坳，将军的心情非常沉重，对种树之事更是忧心忡忡，甚至有些打退堂鼓了，出发前的雄心壮志此时也显得力不从心了。看着将军忧虑的目光，小起子似乎明白了什么，但却说不出高兴，也说不出不高兴。

将军回家的消息还是在当地流传开了。

先是广州军区的陈剑博将军从老婆子那儿知道将军回老家后，就专门带着几个得力的部下来看望将军了。两位老战友见面后，谈笑风生，好不痛快。尤其是当陈将军问起将军有什么需要帮助的时候，将军虽然没有说什么，但面孔上瞬间的难色，还是没有逃过陈将军的眼睛。之后，陈将军又陪着将军去山上转了一圈，陈将军也似乎明白了什么！当着将军的面就给一起来的几位部下分别进行了安排。将军听到后感觉有些不好意思，还连忙说不用麻烦。但人家陈将军说话了：“没关系，我们也只是尽力而为，能帮到哪就算哪，否则一个人的力量是不好打开局面的。”看着陈将军这么热情，将军也就默许了。

这不，刚送走陈将军，当地镇政府几大班子人员在锣塘村村干部的引领下来看望将军了。

之后县市领导及武装部的同志也来看望将军了。

最后，广州军区、某军、省军区和省里面的领导都来了。

自从这些人等到来之后，所有的事情都发生了戏剧性变化，将军之前所顾虑的事情都迎刃而解了，出树的出树，出资的出资，出人的出人，就连村后的无名山也改为“将军林”了。更令人有些意外的是，村干部与村民们的反应全部出乎小山子的意料，大家一听是将军回家种树，又将整个山命名为“将军林”，大家伙儿高兴还来不及呢！这个说沾沾将军的喜气，那个说沾沾将军的龙气，还有的说没准因为“将军林”还可以搞一个旅游项目呢！

因为春季正是植树的好时节，当下一些地方政府的领导就拍板，树苗由县乡两级负责解决，至于种什么树，那由将军自己决定。另外，还从县乡农技站林业局派出两名专业人士协助将军。省市级则做好预算，相应地拨出专款作为日常各种消耗的补助；驻地各部队出人则不在话下，之前陈将军就发话了，只要将军一个电话，部队随时派人植树造林，后来还有部队领导说：“现在人民解放军已经造了好几个青年林了，到时这也可算是解放军的青年林嘛！还可以作为军民共建的好题材。”大家纷纷表态，着实令将军十分感动。因为之前不久，将军还正在为往后的植树造林犯愁呢，也为自己个人的力量渺小感到茫然。这回好了，什么问题都解决了，就等着择一个日子举行奠基仪式了。

仪式举行的前些日子，协助将军种植的技术人员根据当地的气候条件，以及对土质的取样分析，得出结论是最适合种两种树木，一种是油松，也是当地老百姓常说的东北松，另一种则是橘树。后来，技术人员给将军建议，山的四周，也就是指山的外环可以多种些油松，而山的内环和半山腰往下的位置可以种植良种脐橙、芦柑等一些优质品种的橘类树。只要往后找到合适的销路，准能赚钱。

当天时、地利、人和都具备的时候，也是功到自然成、瓜熟蒂落的时候。同时，也是将军为已牺牲的战友大豹子还愿的时候。

将军林种植奠基仪式那天，陈剑博和前些日陆续到访的党政军的头头脑脑都来了，整个村道上都停满了各种颜色、各种款型的小汽车。装载解放军同志的十二辆东风 140 型大汽车因为道路已经停满，则不得不在离村道更远处停下。解放军几百人马各自组队带着工具跑步前进。对于将军回家种树的精神，当地各大新闻媒体也进行了全方位宣传报道；陈将军还表示，待自己退休后也像将军那样发挥余热，为家乡人民，为构建和谐社会，为大自然的生态环境贡献自己的力量。

将军的所作所为，被当地的媒体宣传报道之后，紧接着中央各大新闻媒体也纷纷进行了报道。虽然这是好事，但这却是将军不愿意的，也是将军没有料到的。当然，也是老婆子与小玲子她们没有想到的。将军只想低调点儿把该做的事和想做的事做好就行，没想到媒体报道的事一出，就没法收拾了。原来的老领导、老战友、老部下都打电话来过问被报道的将军是不是将军本人。将军还能说啥。大家也不好说啥，反应不一。有的开玩笑说：“你现在反倒成了大名人了，到哪里都有名人效应。往后我退休后开公司你给我们当代言人哪！哈哈！”……将军听了这些，也是一笑就过去了。但就近的一些大中小学校可就没完没了了，“将军林”的树还没有种完，今天这个学校请将军讲革命传统，明天那个学校请将军作形势报告，后天还有学校请将军搞实事演讲等，还有好多机关单位都要来请将军。说实话，将军也想结合亲身经历给大家讲讲光荣传统，但实在是太多了，因为每次宣讲并不只是单独讲讲课就完了，而是名目繁多的迎来送往，耽误时间。将军总是说属于他未来的时间不多了，什么吃吃喝喝玩玩，对于将军来说根本就不感兴趣，如果对这些东西感兴趣的话，将军就不会回老家了。所以，将军往后的讲课是有针对性的，能推则推，能避就避。

由于当地政府和驻军的帮助，“将军林”竟然在一个月的时间内就种植完成了。

故事到此，本应该有一个圆满的结局了。但将军的侄女小娟子，她刚好今年大学毕业，当她从新闻媒体上了解到将军的事迹后，突然向她所有的同学宣布，她要回家跟将军种树去。有些同学开玩笑说：“你不会也像某些男同学那样，最高奋斗目标是——‘农妇、山泉、有点田吧’!”小娟则说：“我才不，我要回家当‘地主’（我的地盘我做主的简称）去，支援家乡的小康建设。”

小娟子回到家后，不仅和将军、小起子一起看护山林来了，还专门给将军当起了助理兼秘书，遇到简单的一些事儿，就由小娟子全权代劳。为了更好地掌握这两种树木和更多树木的种植与护理，以及其他相关方面的知识，小娟子专门去了一趟长沙的湖南农业大学，拜访了各位老师，还买回了一大捆书。

尽管小娟子的热情很高，但将军好像还是有点儿心里不舒服。因为小娟子学的是经济专业，完全可以到大城市里去找一个好的工作，正因为自己是她的伯父，也正因为自己在家种树，而把小娟子引回来了。虽然这是小娟子自己的选择，但将军多少还是担心引起小山子和他堂客有些看法。可将军找他俩谈话的时候，他俩又说没意见，反正路是她自己选的，她自己也大了，别人也管不了。将军的考虑还是很到位的，小山子与他的堂客还真是有些看法，对小娟子的选择不满意，总认为她太冲动，不应该回来，回到这个小山旮旯没意思，到时候一肚子书都白读了。

人家小娟子可不这么认为，她对爸妈说："讲大道理，现在是建设和谐社会主义国家，我看我跟大伯干的事就是在为建设和谐社会主义国家作贡献；讲小道理，我这根本算不了什么，我好多同学都去支援建设西部大开发了，那条件多苦啊！哪能跟我们的鱼米之乡比。再说了，我在外面你们常牵挂，在家里还可以侍候你们了。不在外面待不知道，在大城市里待久了就会有认同感，那儿的空气环境哪有我们家乡好！"虽然，小山子与他堂客不懂什么是建设和谐社会主义国家，但他们还是懂得女儿在身边的重要性。再说了，女儿是大学生，大哥是将军，还有这么多政府领导支持的事，也应该自有他们的理由。于是，想到这儿，小山子和他堂客也不愿去想得太多，至于以后的事情以后再说吧！

在这期间，老婆子与将军的秘书小湘子来湖南老家看过将军一次。

老婆子没住几天就住不下了，小湘子看将军这么忙就想留下来帮将军一起处理日常事务。但被将军拒绝了。将军说："该干吗干吗去，我这儿没事。"之后，小湘子又陪老婆子回去了。也就是在这期间，小起子一直陪着将军，可以毫不夸张地说，小起子那就是将军的左膀右臂。小起子一会儿也闲不着，忙完其他事情，还要照顾将军。对于忙和累，小起子虽然有时候也偷偷地发点儿牢骚，但总的来说对将军要做的事都是任劳任怨。小起子的种种表现也令小娟子非常心仪，俗话说得好，哪个少年不相思，哪个少女不怀春。就在小起子不知道未来在哪里的时候，更不知道未来与爱情的颜色是什么样儿的时候，少女小娟子的爱情甘霖降临在了小起子身上。至于将军，那是看在眼里，想在心里：走着瞧吧！更美好的未来一定会属于你们。

生命瞬间

我渴望一种快感，一种子弹滑过或刺刀穿过胸膛的瞬间留下的快感。鲜血喷涌而出的瞬间，那是生命最璀璨的瞬间。

——忧郁王子

一年前，当银坤坐在电脑前敲完“忧郁王子”四个字后，脑海里又浮现了三张面孔——灵鹃，蓝冰，逸花。

那是怎样的三张脸呢？

一

“不是说好了我们一起参加春节晚会吗？”灵鹃问银坤。

“是说好了，我也想与你一起排练节目。可，可我觉得那样会被其他战友笑话。”银坤解释的时候有些吞吞吐吐。

“唉！你这个人真是的。前怕狼后怕虎，排练节目不是一件很正常的事嘛！哪有那么多担心。好吧！那我就和她们排练了。”灵鹃的口吻里稍有些埋怨。

这是银坤作为通信战士的时候与同连队的话务员灵鹃春节前的一次对话。在这对话前，他们认识有整整一年了。

新兵连的事情虽然离他们已有一年的时间，但他们的话题却经常离不开新兵连。

灵鹃经常用幽怨的语气对银坤说：“都怪你，那时为什么不来找我玩呢?”

“你也真是，那时明明是可望而不可即嘛！我想去找你也是有这个心没有这个胆啊！你真是冤枉好人。”银坤有理说不清。

“我不管，反正是你不好，让人家等了这么久才认识你。”灵鹃说。

“你还说呢，那你不也让我找了这么久吗？你还记得有一次，我们男兵连与你们女兵连一起被罚向前看齐的动作吗?”

“记得呀，怎么不记得嘛!”

“向右看齐，向前看。”当新兵班长下完口令后，好几个男兵的眼睛都还盯着女兵连的女兵看。而在女兵连也同样发生了类似的事情。还是老兵有高招。男兵连的新兵班长和女兵连的新兵班长一合计，好，让他们看个够。

只见男兵连的新兵班长下口令命令全连男兵一字排开向前看，而女兵连的新兵班长下着同样的口令，让全体女兵在男兵前方一米处立正，向前看。

科目：向前看。

目的：通过向前看看清对方，认识对方，记住对方，安心训练。

时间：大约30分钟。

要求：必须认真、圆满完成任务。

……

尽管训练时男兵女兵相互偷着看，可真要他们站在一起看的时候，女兵们是清一色低着头悄悄地乐。当然，有些大胆的女兵也偷偷地看男兵一眼，接着脸上就显现了两个“红富士苹果”。而男兵们大多数真的看着对方，有些男兵前方没有女兵，就向左或向右看女兵。

只听见男兵班长说：“看吧！同志们，赶紧看个够，如果不珍惜这次机会，往后想看只怕就得受罚了。”

一些扭过头向后看的女兵就被女兵班长呵斥：“装什么装？让你们看的时候不看，不让你们看的时候偷偷地看，把头给我转过去。”没办法，女兵还得乖乖地转过头。

训练场其实就是靶场，足足有两千米长，一千米宽。除了训练场正面是一座人工垒成的土山包以外，其他三面都是驻地村民的苹果园和梨园，再远处就是四面环山。

站成排的是男兵三连和女兵连，另外的男兵一连和二连的新兵班长则显得更为“缺德”。立即解散让新兵们到他们这里休息活动。新兵班长说了，如果想看也可以随便看。这两个连的男兵们有的还真过去看，四个连队加上新训骨干有近500人了。也许是看的人太多了，女兵连的班长们好像感觉再这么看下去自己的女兵们肯定会吃亏。于是，下命令把女兵们带开了原地休息。

“有意思吧！你那时看你对面的男兵了吗？你那时怎么不看我啊？”银坤故意逗灵鹃。

“谁呀！我才没看呢，倒是看我的那个男兵不好意思看我。”

“不会吧！你有如此杀伤力？别人还不敢看你。那这么说你就看男兵了？”

“就算我看也没你那样专注，谁知道你是怎么看女兵的。”

“我看了呀，很认真地看，那个小女兵特别迷人，特别漂亮，我还知道她叫什么名字。”

“真的啊，那她叫什么呢？”

“灵鹃。”

“去你的，老爱逗人家，不跟你说了，我要接电话了。”

“好、好、好，你忙。”

平时，灵鹃作为话务员主要是转接电话。银坤则负责载波，吃住都在总机房的对面，所以他俩经常有机会交流，当然，这种交流都属于“地下活动”。除了银坤和灵鹃，是不能让第三者知道的。

银坤与灵鹃的认识也纯属巧合。

那次是银坤到灵鹃她们女兵连借饭。炊事班就一条后门，本来银坤是应该走前门直接去饭堂打饭，因为那时女兵们都在饭堂就餐，感到有些不好意思的银坤就选择了走后门。

低着头一路小跑的银坤在要跨进后门的一刹那却停下了脚步。原来，有个小女兵要往门外走。那个小女兵不是别人，正是灵鹃。一个要进门，一个要出门，谁也不让谁。小女兵灵鹃说话了：“你为什么不让路？”

而银坤也没好气：“那你为什么不让路？”

“这是我们女兵连的饭堂，为什么叫我让路？”

“那还是我们新兵营的饭堂呢！好了好了，好男不跟女斗。”

“哼！”小女兵灵鹃的眼神里有些恨恨的。

也许是不打不相识，后来在新兵营的军人服务社打电话的时候，银坤又遇到了灵鹃。本来该轮到银坤了，可一个和灵鹃在一起的小女兵也要打电话。这次银坤说话了：“又是你呀！算你厉害，你们先打。”搞得和灵鹃在一起的那个小女兵不知是怎么回事，她反而问灵鹃是不是认识他。灵鹃当时也不想解释什么，于是随口说是自己老乡。

“谁是你老……？哦，对，我们是老乡。”银坤说着说着就想笑。

新兵下连后，在去警通连的衡山大客车上，银坤与灵鹃又一次碰见了。这也是他们自那次打电话后时隔一个多月才见到的，彼此间都感到有些激动，又有些无奈。激动的是新兵下连能够见到一张熟悉的面孔很不容易。无奈的是灵鹃心里暗想，怎么又见到这个家伙。当然，银坤则显得有些侥幸，没想到又遇到她了。

他们那年警通连一共分了26个男兵，11个女兵。

刚到警通连，所以新兵面对的都是一张张陌生的面孔，不管是新兵与老兵之间，还是新兵与新兵之间。尤其对新兵来说，全部都是老兵，见了谁都得站立敬个礼，喊声班长好，心里面确实很难产生亲切感，尽管当时在新兵连的时候个个盼望早日下连去新的连队，可真正下了连后，却是对新兵连的种种眷恋，想着新兵连的种种好。因为大家都熟了，想说什么就说什么，想做什么就做什么，新兵与新兵之间无拘无束。虽然对新单位寄予希望，可心里面更多的还是失望。当然，银坤和灵鹃也不例外，同样的经历，同样的现状，同样的心情，加上新兵连的相互印象，所以在警通连他们能打个照面都会感到很亲切，那种亲切感并不亚于每天晚上都要见面的中央电视台“新闻联播”的播音员。

平时，他们这些新兵除了下到警卫排的天天要进行军体训练，银坤和灵鹃他们是以专业训练为主。

刚开始进行的是外线训练，也就是爬电线杆，收放被复线（通信线）。训练的时候是一个男兵和一个女兵为一组，而银坤刚好与灵鹃一组。这用银坤的话来说是不打不相识。

尽管灵鹃在第一次与银坤合作训练的时候就说怎么这么倒霉与你一起练，其实心里和嘴上说的不一样。当然，在这之前他们俩认识这是其他战友不知的。

一次，在训练收放被复线的时候，银坤挎着近10公斤重的电话单机和被复线只顾看着前方的路，收线的速度与向前跑的速度没有协调好，一不小心脚踩在线上，连人带线一起摔在了地上。脸上、手上都擦破了皮，到处是血。而灵鹃却不知道，还一个劲儿地往前跑。多亏了其他战友喊，灵鹃才停下来，看着银坤摔成这个样子，灵鹃心里感到有些歉疚。她说：“都怪我跑得太快，要不然你也不会摔倒。”

银坤说：“这不能怪你，只怪我自己技术不精，还得继续练。”看着银坤脸上和手上都是血，灵鹃毫不犹豫地从作训服口袋里掏出手绢想帮银坤拭去脸上的血，银坤却不要。他说：“怎么能用你心爱的手绢呢。没事的，等下我去洗一下就行。”

“怎么不能？你先擦了再说。”在灵鹃的执意坚持下，银坤才舍得用灵鹃的手绢。在银坤擦拭的时候，灵鹃望着银坤那样子，脸上荡漾着会心的笑意，心里在一瞬间产生了一种别样的情愫。

本来灵鹃要将手绢拿回去自己洗，可银坤就是不肯，非要把手绢洗好了再还给她。“好吧，好吧！恭敬不如从命，你要洗那你就洗好了。”灵鹃说。

其实银坤当天训练完回到连队把手绢洗好后，放在暖气片上一夜就烤干了，但第二天银坤并没有把手绢给灵鹃。这并不是银坤忘记了，而是他不想这么早还给灵鹃。白天他将手绢放在内衣口袋里，在没人的时候就悄悄地拿出来看一看、闻一闻，晚上睡觉前就握在胸前。一天夜里他还梦见了和灵鹃一起在训练，灵鹃总是冲着他笑。

接下来的一个训练科目是爬电线杆。科目训练前班长就告诉他们：“爬杆有四功，一是双臂要抱紧，二是腹部要贴紧，三是两腿要夹紧，四是注意整个身体的协调，这是每个通信兵应具备的基本素质。”有的老兵一个普通4米杆上下最快的仅用6秒多钟。然而，尽管银坤是男兵，但同样感到心里没底。灵鹃她们女兵则更不用说了。

一次，灵鹃在爬杆，银坤做保护。刚开始灵鹃爬得还挺顺，按理说下杆是最容易的，可灵鹃在下杆的节骨眼上出了“洋相”。不知作训服被杆上的什么挂住了，由于下杆的惯性大，衣服倒了个儿，全部撸到头上去了。当时银坤的第一反应就是接着灵鹃，接到灵鹃后目光又赶快回避灵鹃没有衣服的上身。这使银坤脸红脖子粗，灵鹃的第一反应就是一把推开银坤，在另一旁训练的其他男兵女兵个个都笑成了大花脸。

回到连队后，这件事很快就在兵中传开了。有的男兵直接与银坤开玩笑：“你小子真走运，把人家那个都看了。”有的则说：“感觉如何呀？有没有碰到什么？”银坤反驳：“你们乱说，我可什么也没看见。”

灵鹃的姐妹们也逗她说：“你的表演很精彩，都把银坤吓呆了。”“什么啊！差点让他给占便宜了。”灵鹃说完就和姐妹们乐开了。

在一起训练的时间长了，男兵和女兵们慢慢熟了，休息的时候大家也放松一些，不像刚开始那样男兵和女兵都不怎么讲话。也就是在这个时候，银坤与灵鹃了解得更深了。银坤是河北人，独生子，爸爸是铁路公安系统的一个处长，妈妈是一家外企的经理。灵鹃也是河北人，也是独生子女，爸妈都是医生。他俩有一个共同的目标——考军校。

专业训练结束后，银坤在载波房里值班，灵鹃在总机室值班，两个值班室只隔着一个10米左右的走廊。银坤在载波房里值班基本上是不用出门，灵鹃因为背记电话号码和转接电话都非常出色，刚一上机就挑大梁。有时总机房的设备出了什么故障就得跑到载波房里来找银坤他们，银坤他们想给家里打个电话则都要找灵鹃，一来二往，双方的感情就更深一个层次了，里面也不仅仅是战友跟老乡之间的关系了。

那是一个周末的晚上，银坤边值班边复习军校考试的书。突然一阵清脆的电话铃声敲响了沉醉在学习状态的银坤。一听声音他就知道是谁。她问他在干啥。

银坤说：“我在思考一个问题想一个人。”

“思考什么问题想什么人呢？”

“在想什么时候才能进高考补习班，什么时候才能与某个人坐进同一个教室。”

“得了吧！我看你是在南柯一梦。对了，你说的某人指的是谁呀？”

“明知故问。”

“谁知道你说的是谁，我可不知道。”

“真的不知道?”

“真的不知道。”

“那你慢慢猜吧！知者自知，明者自明。”

“算了，是谁我也不管了，先跟你说一件其他事。明天我们女兵排要与机关家属打一场篮球对抗赛，你到时可得要到场助威啊！”

“是吗？那我一定会参加。”显然，得知这个消息银坤很兴奋。

……

从得到消息的那一刻起，银坤的脑海里就充满了想象。想象的内容是明天的篮球比赛和灵鹃在赛场上的飒爽英姿。晚上的睡梦中，他的嘴角里也布满着微笑，想必银坤又梦见了她。

下午三点半警通连的女兵代表队与机关家属队的比赛正式开始了。与以往不同的是此次篮球赛的观众比平时多很多，虽然不能用人山人海来比喻，但周围确实有很多人。除了各直属单位通知观看的观众以外，还有许多家属队的亲友，老的小的都来了。

刚一上场哪是女兵队，哪是家属队都非常明显。女兵队里除了第四年兵杜琪儿与家属队的队员一样的“粗个”以外，其他女兵的身材都要比家属队的队员瘦一圈。球赛开始不到 5 分钟全场就开始乱了，只见灵鹃抱着球就跑，而家属队的一个家属就用手拽着她的手，灵鹃情急之下，双手运球，裁判的哨声响起后，还听见有小孩在喊妈妈好棒，妈妈加油。

整个上半场是在笑声、喊声中度过的，灵鹃趁着休息的间隔用目光搜寻银坤几遍都没有看到他的影子。

下半场继续着上半场的所有精彩，有所变化的是家属队队员的体力已越来越不如女兵队队员了。只见一个个家属投篮都有气无力，篮球只是勉强擦一下篮筐……而银坤此时还在赶往篮球场的路上。原来一上班他就跟班长去给政委新家安电话了，平时干工作一向比较细心的他由于心急如焚所以出了几次错。班长问他今天是怎么回事，银坤不便于回答真实的情况，只是敷衍着说没什么事。

待一完事，银坤就向班长请假去看比赛。班长说别急，我们一起去，这可是连队的大事，再说女兵姐妹们还等着我们去加油呢！银坤跟班长开玩笑说："班长，如果等着我们去加油，只怕黄花菜都凉了。"本来银坤想快点行进，看着班长和其他战友都是不紧不慢的步子，自己也就不好意思脱离群众，只得和班长他们一起走。

"加油，女兵队，女兵队，加油，呱唧呱唧。"老远银坤就听到了从球场上传来的口号声。此时的赛场几乎达到了白热化的程度。别看女兵队队员的身体素质好点，可家属队轮换队员比较频繁，实力慢慢又上来了，比赛得分是女兵队暂时超前 2 分。银坤好不容易挤到球场的最边缘，刚好赶上灵鹃发球，银坤轻声给她打了招呼，可灵鹃只扫了他一眼，而那一眼里还是不友好的眼神。银坤看见的是灵鹃轻盈跑动的背影和一头左右摆动的短发。

银坤知道，灵鹃肯定是生他的气了。可银坤也并不想这样。

当第二天第一缕阳光从载波房里透过银坤擦拭得透明的玻璃时，银坤准备办的第一件事就是给灵鹃打电话解释昨天的事。可电话不是灵鹃接的。

女兵瑕珊说："昨天她们女兵队战胜了家属队，今天连队特批她们休息一天。"女兵瑕珊说："谁说女子不如男，这回你们总该服气了吧！"女兵瑕珊又说："银坤啊银坤，别看你们男兵平时神气，这次要是没有我们女兵那看谁能应战家属队。"女兵瑕珊还说："银坤你还不想想用什么犒劳犒劳下我的姐妹们。"

"那是，那是。"其实此时的银坤有些心不在焉。他在想灵鹃是不是生气了，灵鹃现在正在干什么。当然，这些是女兵瑕珊不知道的。灵鹃在做什么呢？昨天在球场上没看见银坤当时是有些生气，尤其是看到姗姗来迟的银坤后更是顿生埋怨。后来不知她从哪儿得来的消息知道银坤迟到的原因后，其实这会儿并没有生气了，而是在边哼着小曲边洗衣服。

在载波房里银坤有些心神不宁，虽然眼睛还是与往常一样停留在军校复习书上，可思绪却跑远了。突然，他向班长请假说回宿舍拿支笔。班长也没多想就嗯了一下。银坤带着雷达扫描般的眼神飞快地上下一二楼，可没有发现灵鹛的影子。他有些懊恼，正要出连队门时听到水房有流水的声音，他以为又是谁忘记了关水龙头，走近一看却是一个熟悉的身影。

“好啊！你在这呀，让我找得好苦。”银坤开门见山地说。

“你啊，什么事？吓了我一大跳。”灵鹛有些惊奇。

“找你还能有什么事？想和你说说话呗。”

“不会吧！同志你有没有搞错？现在正是上班时间。你还不去值班，等下被人家发现了可就惨了。”

“这怕什么，我们革命同志说两句话有什么了不起。”

“你还是快去忙自己的事吧！我也要洗衣服。”

“那你答应我一件事我立马就走。”

“什么事？你快说。”

“请你原谅我昨天的所作所为，不要生气。”

“哦，我还以为什么天大的事呢。我怎么会生气呢？”

“你真的没生气？你真的一点儿也没生气？”

“啊！”

“哦！那我走了。”

有整整半个月的时间，银坤没有和灵鹛说一句话，就算打开水碰面，灵鹛向他打招呼，他也表现出冷冷的样子。银坤心想，她不生自己的气那就说明她心里根本就不在乎我，既然不在乎我，那自己又何必去自作多情呢？灵鹛当时说的只是一句反话而已，银坤却信以为真。唉！真是在乎一个人的感觉也是一把双刃剑。

灵鹃能感觉出银坤是在和自己别扭，她也猜到了是因为自己那句“不生气”引起的。其实她心里也不想这么说，当时不知为什么偏偏就这么说了。她有点儿自责，也为银坤这么在乎自己而暗自庆幸。

“在干吗呢？还在郁闷啊！”周末转接电话不忙的灵鹃主动给银坤打了电话。

“没有啊！我有什么郁闷的。”银坤说。

“但愿你不会这样吧！男子汉拿得起放得下，可千万不要与小女子一般见识。”

“哈哈，我才懒得去生气呢，不过这些天我一直在想……在想……”

“在想什么吗？都急死人了。”

“在想你。”

“在想我？同志，没搞错吧！革命军人可不能乱想，这样不好的。”

“难道你不知道我在想你吗？”

“我……我……我知道一点点儿吧！”

“我现在要让你全部明白，我已经……已经喜欢上某人了。”

“不要这样，这样不好的，我们是军人，军人是不能乱喜欢的。”

“难道军人就不是人了吗？难道年轻的军人就不应该拥有自己的爱情吗？”

“这……这……算了，我不和你说了，我明白你的心，但我们还需要冷静，今天就先说到这儿。”

“喂……喂……喂。”银坤还有话要说，灵鹃已挂断了电话。

怎么会这样呢？银坤有些想不通，尽管部队有规定不许男女兵谈恋爱，但这些谁也不知道啊！再说自己和灵鹃既是老乡又是同年兵，都打算考军校，如果能走到一起，待考上军校后一起戴着蓝灿灿的学员肩章回家探亲那该多好啊！这个灵鹃到底是怎么想的？她不会把这事告诉别人吧！银坤的心很忐忑。

银坤真的喜欢自己吗？我喜欢银坤吗？有一点儿？自从银坤向灵鹃表白后，灵鹃的大脑被各种思考缠绕着，有些头绪理不清，既感到甜甜的、涩涩的，又有些不知所措。当然，她不得不承认，自己其实也喜欢他。同时，她的心情又感到有些压抑，部队有条令，连队有规定，如果男兵和女兵谈恋爱被发现了后果是很严重的。

这几天在连队，每次银坤遇见灵鹃，灵鹃都是回避。灵鹃这样表现更让银坤觉得莫名其妙。他不知道灵鹃是怎么想的，也不知道为什么灵鹃会这样对他，银坤的心里有些烦，满脑子里都是灵鹃的影子在晃来晃去，就连夜里做梦都是灵鹃的身影。这样的日子无疑对银坤是一种煎熬。

灵鹃从银坤的眼神里已经读懂他的一切，她也知道此时的银坤心情肯定不好，可她又不知怎么去安慰他，接受与不接受都感到不妥。正当灵鹃边值班边思考着该怎么办时，银坤的电话打过来了："你在干吗？"

"值班啊！"灵鹃说。

"我这几天的心情很不好，我搞不懂你怎么老是不理我。"

"我……我没有啊！"

"不要否认了，难道你还不明白我对你的感受吗？"

"我……我知道，可……可我害怕。"

"怕什么嘛！我们只是正常的年轻人传递我们正常的感情，这有什么不可以。"

"你不要忘了我们是军人呢。"

"军人？军人怎么了，难道军人就不应该拥有自己的爱情吗？"

"不是，唉！我跟你说不清。现在我要值班，等下方便的时候我再给你打电话好吗？"

"好吧！那也只能如此了。"

放下电话，银坤的心情稍微有所放松，不管怎样，他把想讲的话大胆地对她讲了。当然更多的是充满了希望，希望等到灵鹃的电话，等来灵鹃的好消息。

白天银坤神情专注地等了一天，可电话始终没有灵鹃的声音。难免心里有几丝失落。晚上，银坤正在背记英语单词。突然电话铃声响起了。

“喂!”

“喂!”

“你这人真是烦人，那你想叫我做什么呢?”灵鹃问。

“我想叫你做什么？不会吧！如果非要按你的问话来回答的话，那我希望你也能喜欢我。”

“……现在就给我提要求了，算了，不和你说了。我好怕。”

“难道有个人喜欢你不好吗?”银坤问。

“同志，我们是革命军人，先考上军校再说，我知道你喜欢我，其实我对某人的印象也不错。我们就先相互鼓励，一起努力把考试考好，你看可以吗?”

“考试与我们的爱情又不相矛盾，只要双方都明白有一个人在爱着对方那就够了，那么就可以把所有的心思用在学习和工作上了，可现在你老是不接受，反而让我天天没有心情学习。”

“我不接受那还会给你打电话吗？头脑简单。好了，不与你多说了，我还要值班，你也知道了。”

“是真的吗？真是这样的吗？我太高兴了，我一定会好好珍惜的。”

“你还是好好学习，把课本搞透吧！我可不想看着一个整天无精打采的你。”

“遵命，往后我一定会精神百倍。你放心吧！只要你对我好，我一定会做到。”

“好啊！还没先说对我好就开始要求我对你好了，算了，本姑娘生气了，不理你了。”

“好、好、好，是我不对，我一定好好对你。”

……

“十一”的时候，部队组织全体共青团团员去青岛观海，大家照了好多相，有合影的，有单照，银坤和灵鹃照的合影在他人看来是很正常的，只有他们俩心里明白对方的心声。在海边，银坤当灵鹃的面发誓：“我一定爱你一辈子，永不变。”看着银坤傻傻的样子，灵鹃就想笑。灵鹃说：“要不要我也说呀！”

“好呀好呀！”银坤说。

“人家不好意思。你心里明白就行了。”

“不行，我不明白，你要说，你一定要说。”

“你这人真是的，和小孩子一样。好吧！本姑娘今天心情不错，那我就……我就说吧！”

“不行，我没听见。”

“你这人真是的，你又没规定我是在心里面说还是在嘴上说。”

“好啊你！不行，要重说。”

“行行，那你眯上眼睛我才说。”

“好。”银坤答应得很爽快。

“说完了没有？我要睁开眼了。”银坤等得有些不耐烦了。

“我真的睁开眼看了。”银坤有些急了，等他睁开眼的时候，灵鹃早就没影了。原来，灵鹃和战友玩去了。

通过军校预考的银坤和灵鹃双双去了教导队参加高考补习班。此时的他们已经相恋了。当然，是一对“地下恋人”。

在教导队高考补习班的日子里，既是紧张的，又是愉快的。虽然对男女兵的管理也比较严格，除了在一起上课外，平时男女兵的界限划得也很清楚，但对来自同一个单位的情况稍好些，毕竟他们熟悉，教导队的领导也都能理解，不过也不能太亲密了。这对于银坤和灵鹃来说更有利于开展他们的“地下工作”，而这种“地下工作”主要是围绕学习，有着相互的激励，他俩的学习成绩一直是补习班的前几名，对考上军校满怀信心，对未来的日子心里也满是憧憬。

那一天其实也是一个很普通的日子，可那一天对银坤来说却不普通，不普通得让银坤刻骨铭心。

补习班的后期大家要进行军事共同科目的考核，实弹射击也是其中的一项。本来担任安全员的都是男兵，可队长在女兵进行射击时却要求安全员由女兵担任。

按照预定的计划，一切科目进行得都很顺利。就在女兵张萌萌射击时突然发生的事情谁也没有预料到。一组八人同时进行射击，排在最外围的张萌萌由于过度紧张，其他姐妹的射击声吓着了她，枪口不经意间偏离了靶心向右前方安全员站立的位置射去。未射击前谁也没有注意到，待她一扣动扳机，全体人员都惊呆了。惊呆的不是张萌萌的枪法，而是灵鹃的应声倒地。

谁都不敢相信，谁都不能不信。萌萌发射的第一颗子弹一瞬间就从灵鹃的胸腔穿过。当银坤飞奔着跃到灵鹃的面前时，灵鹃已经倒下。鲜血染红了她的军装，任凭银坤怎么呼唤，灵鹃都没有反应，有的只是鲜血顺着银坤的指间滑向地面，银坤的泪水涌向灵鹃的军装，与血交融在一起。

当队长教导员从医院归来时，灵鹃牺牲的消息也在教导队沸腾了。女兵姐妹们都纷纷落下了热泪，尤其是张萌萌，她又哭又后悔，口口声声说自己对不起灵鹃，灵鹃是多么好的一个战友啊！人长得漂亮，学习成绩又好，为人又善良又真诚，姐妹们都夸她……

也许大家都会认为最伤心的人肯定是张萌萌，其实，最伤心的并不是张萌萌，而是银坤。银坤不肯相信灵鹃就这样走了，早几天他们商量考同一所南方的军校，过年一起穿着笔挺的军装，戴着蓝灿灿的学员肩章回家看望双方父母，把他俩的事定下来。然而，现在却是灵鹃连一句话都没来得及说就匆匆而别，怎么说银坤都不相信这是真的。虽然因此事补习班停课进行整顿，但银坤还是不请假外出去了灵鹃所在的医院。

在医院，银坤见到了灵鹃的父母。看着灵鹃的父母，银坤更是激动。他不知道该给他们说些什么，他不知道此时自己该不该上前去和他们打招呼，泪水早已模糊了他的双眼。在太平间，银坤看到了灵鹃，灵鹃苍白的面孔里隐约有着几分痛苦。银坤所有的痛此时都化作了泪，一股脑儿地往下淌。

从医院回来后，银坤的双眼又红又肿。因为不请假外出，回到队里就受到严厉的批评，队长说要处分他，只因暂时领导精力顾不过来，此事还等秋后算账。

当军校入学通知单下来后，银坤却一点儿也高兴不起来，反而因此又伤心了一场，他又一次想起了灵鹃，想起了和灵鹃报志愿的那一幕。

“我们考上同一所军校那该多美啊！从离开连队的那一刻起我们就可以自由了，成了两只自由飞翔的小鸟。我们一起坐车去军校报到。”那会儿灵鹃所说的话此时不停地在银坤的耳际里回荡。可今天当银坤拿到军校的入学通知后，却不见了灵鹃，没有了银铃般的声音环绕，远离了秀发的飘逸，更没有甜美的笑容在眼前展现。银坤只有在照片里去寻找往日的点点滴滴。从补习班回来后，银坤整个人变了，很少说话，平时是用一个又一个的沉默来填满一个又一个空白的日子。

坐在去南方的列车上，一层压一层的伤逝在银坤的眼里来回闪动，脑里一直都是灵鹃的身影……

二

三年军校已有两年在充实的时光里溜走。

两年里，银坤在新闻系发表的作品是最多的，表现也很突出，唯一的不足就是不怎么和同学交流，往往是一个人默默地思考，眼里似乎永远也抹不去一丝忧伤。当然，他的经历、他的故事并未对任何同学提起过，在现实的军校生活没有一个人知道他曾经与一个叫灵鹃的女兵有过一段最最幸福的回忆，但在另一个世界，那是一个网络世界，他的心声却有一个人倾听，那位忠实的听众有一个让人心动的名字——蓝冰仙子。而银坤也是以“忧郁王子”的网名出现。

蓝冰仙子：“你在干吗呢?”

忧郁王子：“我在回忆经历，感受生命。”

蓝冰仙子：“过去的生命是一种永恒，回忆能够使过去的生命更新，我也喜欢停留于这种状态。”

忧郁王子：“每每这样我才发现自己的生命是一个真实体，自从她带着生命消失，我感到我的生命就不再真实存在，最少有一半是这样。”

蓝冰仙子：“你的感受我非常理解，这是真挚爱情的最真实表现，我们这种时代其实缺少这份对真挚爱情的执着。”

忧郁王子：“我和她可以用爱情来形容，但我更认为我和她是一种心的交合，她的离开就是我心的破碎，她的存在就是我心的天堂，恰恰现在我的心里已经没有了天堂的快乐。”

蓝冰仙子：“自从你讲了你和她的故事后，我一直在为你的这份守候而感动着，在我心里我很敬佩你，就像敬佩我自己一样，其实我的心灵深处同样有着一份最痛的牵挂。我本来不想再把我的故事讲给谁听，但我想如果讲出来也许会减轻你一些痛苦，哪怕是一点点儿。”

忧郁王子：“从你的言语里我似乎感觉到了什么，如果可以不妨一讲。”

蓝冰仙子：“今天的时间有些不够，等你什么时候去实习后再讲吧！你看可否?”

忧郁王子：“你是自由的，我随时恭候。”

喜欢上网是银坤上军校后养成的，在网上他对她的想念可以随时用文字来表达，如果不上网他只能在心里默默地想起灵鹃。蓝冰仙子是银坤为数不多的网友里最能产生共鸣的一个，所以每次外出上网他都要与她聊聊天，让银坤有些不解的是不管哪次上网他都碰见蓝冰仙子在线。当然，这个问题他未曾问过蓝冰仙子为什么。在随后的几次上网，银坤都未提起让蓝冰仙子讲一讲自己的故事。

到报社实习后，属于自己的时间多了些，他在网上告诉了蓝冰仙子。

忧郁王子："我对你从感性认识到理性认识已充分说明你是一个深刻的人，一个深厚的人，一个深沉的人，你的故事深深地埋藏在心灵的最底层，也许让你讲述你的故事对你是一次愉快的经历，可我的直觉告诉我，你讲述的故事可能更多的会是一次痛苦的回忆。"

蓝冰仙子："你对我的认识就像我对你的认识，对我的理解也是发自内心的，其实我们都与'命运'两个字有缘，也正因为如此你值得我去信任，我要讲述自己的经历并不想让你与我一起去分担什么，我只是想在这虚拟的网络空间里告诉你一个最真实的自我，包括我的过去、现在和将来。"

忧郁王子："其实在你还未将你的故事讲述之前，我还发现你一定是一个坚强的人，你这种坚强还不仅仅是一般的坚强，而是忍受着很多东西，虽然你从未提起过你的状况，以及真实生活中的你。"

蓝冰仙子："怎么说呢，对于咱们网上相逢，以及你那忧郁的心情，还有你对过去的她的感情这已经很让我感动。真的，虽然她今天不在了，但如果上天有灵，她知道你对她的那颗心，她也一定会幸福地笑的。两个人在一起除了现实的生活外，思想和精神的寄托同样很重要，其实对于她，早已经成为你生活中不可分割的一部分。你对她的记忆，你对她的想念，你对她的牵挂等，足以说明你需要她，你离不开她。但如果她知道你目前的心态她肯定会难受，会内疚，因为她也会和你一样，希望你过得好，希望你是一个健康阳光的你，而不是一个整个沉醉在忧郁当中的你。我感觉你要好好调整一下自己的心态，这既是对她所爱的人的负责，也是对你自己负责。”

忧郁王子：“谢谢，正如你所说的那样，我对你的了解和你对我的了解是一样的，我们交往这么长时间，我是一个怎样的人想必你也很清楚，有时我自己也试着去改变自己的心情，调整自己的心态，可就是实现不了，我忘不了她，每当一想起她我就是无限的悲伤，她本来就应该和我好好的，可现在什么都没有了。”

蓝冰仙子：“好了，没事了，咱们先别说这个话题了，这容易触动身体里那最柔软的部分。”

忧郁王子：“不好意思，我要下线了，刚才军报编辑给我打电话了。不好意思。”

蓝冰仙子：“好的，不要想得太多，安心工作，安静心情。祝好。”

不知为什么，一说起灵鹃，银坤就控制不住自己的感情。眼泪跟着就在眼眶里打转转。尽管有两三年了，灵鹃的样子还是不停地在他的脑里轻舞飞扬。在银坤的心里，灵鹃就是他的一切，灵鹃就是那一抹最美的风景。可如今这一切的一切都不复存在了。都怪那个张萌萌，如果不是她，如果不是她，唉……太多太多的言语银坤只能往肚里咽。有时甚至想干脆随灵鹃一起去算了。刚才其实并没有谁给他打电话，而是自己情不自已。

对忧郁王子（银坤）的分析，蓝冰仙子是深刻的，也是客观、冷静的。她能这么认识，除了对他的了解以外，更多的是她有着切身的体会。她的经历从认识他的那一天起就注定与银坤有着不解之缘。在后来的一个周末上线的时候，蓝冰仙子的讲述同样令忧郁王子（银坤）产生深深的感慨。

她——蓝冰仙子的原名叫蓝冰。

他是蓝冰同学蝶姿的哥哥，上大学的时候，蓝冰和蝶姿的关系很好。

蓝冰的家庭条件比较困难，入学的学费都是借的。当蝶姿把自己的好姐妹蓝冰的情况和哥哥琴剑说了后，琴剑就打算帮助蓝冰完成学业。为了找一个恰当的方式让蓝冰接受，琴剑以一个“琴心剑胆”的化名给她邮钱。

琴剑在资助蓝冰的时候，每个月的钱除了自己必备的日常用品以外，剩下的全部寄给蓝冰。他总认为物尽其用，蓝冰现在需要他人的帮助，她又是妹妹的好同学，所以他想尽自己所能资助蓝冰，希望她能够顺利完成学业。

刚开始蓝冰感到有些莫名其妙，寄来的钱都如数退回，尽管她需要别人的帮助，但她不需要这种不明不白的帮助，她感觉如果自己就这么接受别人的钱是违背了自己做人的原则，所以这钱她是不会要的。

后来，她把这件事对蝶姿说了，刚开始蝶姿还有些不敢相信，但后来那个叫琴心剑胆的人又寄来了汇款，于是，蓝冰就把汇款单拿给蝶姿看了。看着汇款单上那似曾相识的字体蝶姿好像预感到了什么。再一看汇款单是来自山东烟台，她就更为肯定了。但她当时没有给蓝冰透露什么。等蓝冰不在的时候她就给哥琴剑打电话，问他是不是给蓝冰寄钱了。琴剑反问她怎么知道。琴剑担心妹妹会说漏嘴，叮嘱她千万保密。没想到蝶姿很聪明地说：“哥，你放心，妹不但不会告诉蓝冰，反而会想办法让她收下你的汇款。”琴剑说：“那太好了。”蝶姿说：“哥，你放心吧！就等我的好消息。”

第二天，蓝冰正要去邮局退汇款单。蝶姿说：“蓝冰，你也真是，人家既然给你寄了，就自有寄给你的理由，再说你现在也缺钱花，要不就先收下来，把地址记好，等你毕业后挣钱的时候再还给别人不就行了吗？你每次退回去，他再给你寄过来，这样累不累啊！”

“你说的倒也有理，可是我连他人是谁都不知道，这种接受合适吗？”蓝冰说。

“唉！你这人也真是，你先收下往后又不是不还，只不过等于你现在借他的钱一用，到时全部还清不就什么事都结了。”蝶姿说。

“好吧！这次我就先取回来，等往后我挣钱了再说。”蓝冰说。

“这就对了，俗话说，有钱白不花，花了也白花。”蝶姿说完还做了一个鬼脸子逗蓝冰。

虽然蓝冰暂时接受了琴心剑胆的汇款，但她心里仍然感到有些不踏实。她在思考，这会是谁呢？是谁知道自己的处境呢？他为什么给我寄钱呢？这个谜一直缠绕在蓝冰心头，一有机会她就打听。

首先她在汇款单上发现了汇款来自山东烟台，她仔细想了一下却没有想到自己有熟人在山东。那会是谁呢？后来，蓝冰就把汇款是山东寄来的思考告诉了蝶姿。

在这之前，蝶姿的哥哥，琴剑就对她说过千万不能把实情告诉蓝冰，这样会不好。为了遵守对哥哥的诺言，蝶姿故意装着不知道的样子，还说：“不会吧！你山东又没认识的人，怎会从山东给你寄钱呢？肯定是你弄错了，或者人家故意打了山东的地址让你不知道，这都有可能。”

蓝冰：“你说的有一定道理，但汇款单上明明就写着山东烟台，应该还是那儿寄来的，只是不知是谁寄的，这个人应该了解我一些情况，否则他为何只寄我而不寄给你呢？”

“你这人真有意思，谁叫你的学习成绩这么好，又是美女，为人又这么好，不给你寄那给谁寄呢？”蝶姿说。

“你这人就会奚落人，算了不跟你说了。我总会想办法找出这个神秘的人。”蓝冰说。

“同志，算了吧！还是抓紧利用时间多做一些有意思的事吧！管他谁寄的呢，用了再说，等往后有机会再还不迟。”蝶姿说。

“可我认为这事也是很有意思啊，做好事还不留名。”蓝冰说。

“我不管你了，你爱怎么着就怎么着吧，只是别误了学习就行。”蝶姿说。

本来蓝冰对蝶姿说就是想她帮着一起想想办法，却没承想蝶姿反而是一副事不关己高高挂起的样子，所以蓝冰也不想说什么了。她想求人还是不如靠自己边寻找边发现。

日子就这样一天天不停地向前流逝，蓝冰通过发奋学习，不仅学习成绩一直保持在全年级的前三名，每期还拿奖学金。至于那个叫琴心剑胆的汇款人，蓝冰还是不知道他是谁。不过在一次同学的聚会上，蓝冰从其他同学那里得知一个很为惊讶又很为惊喜的消息。蝶姿唯一的哥哥好像是在山东当兵，到底在哪里，那同学也不知道。

第二天，蓝冰就问蝶姿："你是不是有一个哥？"

"你问这干吗？你不是知道吗？"蝶姿感到有些意外。

"对，我是知道。你不是说他在你上大学的那一年去当兵了吗？"

"啊！是呀！是当兵了呀！你问这干吗？"

"我只是随便问问。没其他意思。"

"哦！"蝶姿还是感到有些吃惊。

后来，蝶姿把这件事在信里面给哥哥琴剑说了。琴剑告诉她要稳住，会没事的。

平时蝶姿很少写信的，所以很少收到来信。一次，蓝冰却给蝶姿捎了一封信。这只是一封很普通的信，和其他信也一样，唯一让蓝冰感到有些不敢相信的是来信的邮戳地址与每次寄汇款的地址是一样的。

看着这个熟悉的地方，一瞬间蓝冰似乎什么都明白了。

为了不让蝶姿怀疑，蓝冰故意将信让其他同学转交给蝶姿。而蝶姿收到信的第一反应就是问信有没有被蓝冰看见，这一问使同学丈二和尚摸不着头脑。感觉自己问得有些离谱的蝶姿又赶紧说没事没事。

蓝冰也真能沉得住气，过了大概一个月时间。一天，她突然对蝶姿说："你把你哥部队的地址告诉我一下，我想问一问有关部队的一些事情。"

"这样不好吧！我哥说部队一切东西都是保密的，你问他肯定什么也不会说，别说你了，就连我的问题他也一概拒绝回答。"

"没事的，如果他不肯说，那我就和你哥交个笔友好了，反正现在学习也不是很紧张。这样行吧！不会姐妹问你要地址你都不给吧?”

“好吧！我得征求一下我哥的意见，如果他同意我肯定赞成。这样行吗?”

“行。”

在电话里，蝶姿把蓝冰这个请求如实告诉了哥哥。琴剑说：“既然她想和哥交笔友那就把地址给她吧！否则她会更怀疑。”

当蝶姿亲自将哥哥部队的地址给她后，蓝冰脸上虽然啥也没表现，可内心里她已非常清楚那个叫琴心剑胆的汇款人是谁了。而此时，琴剑也预感到了什么。

这封信该怎么写？蓝冰的心里已经是胸有成竹。

琴剑：

你好！

突然给你写信实在有些冒昧。我是你妹妹蝶姿的同学，也是她的好姐妹。平时从蝶姿那里得知你是一名非常优秀的军人，也是一个很称职的哥哥。说句心里话，我很羡慕蝶姿。同时，我也分享着她所有的幸福。当然，在这里我也要感谢你，是你们放弃了本应在自己青春年华里该拥有的东西却守候一片绿色，将自己的青春年华奉献给了祖国和人民，也正是因为有你们这样坚强的钢铁长城做后盾，才有了我们的安宁生活，才有了我们安心的学习，所以，我要感谢你们。在我的心目中，你们永远都是那么的神圣，那么的神奇，那么的神秘。对你们，我怀着一颗虔诚的心。另外，我还要感谢你的是，从蝶姿那里我感受到了你是一个很有上进心、很有责任心、很有善心的军人。你对生活的态度、对人生的看法，以及对事物的见解都值得我去学习，你的这些也深深地影响了我。让我明白了怎样做人，做一个怎样的人，什么才是我需要的世界观、人生观、价值观。让我知道了人生在世，不仅仅是为了追求而活，更应为创造而生，就像你所说的，人来到这个世界上，不应该总想着这个社会给予了自己什么，自己向这个社会索取了什么，而是要想着人这一生能给这个社会创造多少正面价值。哪怕像鲁迅那样写一篇文章给人一种启迪，这既是一个人实现了自我价值，同时，也给这个世界上创造了正面价值。这个社会之所以能够不断地进步、发展，正是因为有爱迪生发明了电灯、爱因斯坦发现相对论等，他们给这个社会创造的正面价值远远大于他向这个社会的索取，这个社会才能不断地发展进步。

所以，我想我通过与你的书信联系肯定能学到更多东西。也盼你能多多指点！搁笔！

祝好！

蓝冰

蓝冰写完信后又反复检查了两遍，然后准备投递。虽然信里面未提寄钱一事，但她还是担心会让蝶姿引起怀疑。为此，还特意请蝶姿看一下这么写合适不。当然，蓝冰这样写也不会引起蝶姿太多的思考。

蓝冰的来信是在一个周末的上午飘到琴剑窗前的，那会儿他正在看《欧阳海之歌》。

说句实话，琴剑收到信的那一刻心情有些忐忑。他没想到蓝冰这么快就寄来了信，他也不知蓝冰在信里怎么说，最担心的是怕蓝冰问起汇款一事。但他没想到的是，蓝冰在信上并未提到此事，这让琴剑心里的紧张情绪稍微放松了些。

面对蓝冰的来信，琴剑一直在思考。连他自己也没想到会给蓝冰留下这么深刻的印象，也没想到自己的小妹什么都跟蓝冰说了。她是不是已经知道了自己就是那个汇款的人？琴剑猜想蓝冰应该知道了，从地址上的山东烟台，琴心剑胆的化名，已足足说明。蓝冰没有点破想必有她的理由和想法，既然如此，自己就更没有必要去说清了。在回信中琴剑写道：

蓝冰：

你好！

收到你的来信既高兴又感动。高兴的是我直线加方块的生活由于你信的到来而增添了新的生机和颜色；感动的是你能如此深刻理解我们军人真是难能可贵。

怎么说呢？我感觉军人没你说的那么伟大和神圣吧！我们只是完成每个公民应尽的义务，所以我们做的任何一件事情也都是我们应该做的。既然来到军营，就得承担起一名军人的责任，就得干好本职工作。至于你所说把青春年华奉献给了祖国和人民，我本人感到有些不敢当，其实每个人的青春年华都不会因为从事某项工作和某项职业而会永恒，这也就是说，所有的人的青春年华都会随着时间的流逝而流逝。真正能说明青春年华的往往不是青春本身的长短，而是在拥有青春的时间里做出多少体现青春价值的事情，我觉得这样的青春才是最美的。

我们作为年轻群体的一员，不管在哪里，做什么，都应该对得起自己的青春年华，这样才会对祖国对人民负责。就像雷锋同志那样，哪怕是一颗小小的螺丝钉，我也应该发挥它最大的作用才是。所以我一直喜欢物尽其用，人尽其才，好钢要用在刀刃上，做人应该有一份光发一份热。在此，我还是希望你能够利用好学校时光，努力学习，不断进取，随时恭候你的好消息。另外，平时要注意身体，晚上学习不要太晚，保持正常的饮食规律，早上要准时就餐，切记“身体是革命的本钱”。代向我妹问好！祝天天开心，事事顺心！

琴剑

总体来说琴剑的回信是比较简短的。只是有针对性地回答了一些问题并阐述了一些自己的观念。即便是想写一点儿更深刻的东西，琴剑考虑了还是不写为妥，毕竟是第一次通信。

收到琴剑来信的那一刻，蓝冰的心被激动包围。说句实话，自从自己的信发出以后，她一直在等待、盼望琴剑的来信。当真正收到信后，并没有迫不及待地打开，而是待自己的心稍平静后才小心翼翼地用小剪刀拆开。样子很认真，很专注。虽然这是自己第一次收到琴剑的来信，但她却觉得特别亲切、自然，就好像他们此时已是老朋友了。尤其是琴剑来信最后几句体贴入微的关怀，更是让蓝冰感动不已。在这个世界上，除了自己的家人经常这样细心地关心、问候自己外，琴剑是第一个关心自己的人。看到这里，蓝冰的喉咙里突然有一股什么东西往外涌，感觉酸酸的、甜甜的，就连她的眼睛都湿润了。不知为什么，蓝冰有点儿想哭，可又一点儿哭不出来。久久地捧着琴剑的来信，整个人好像陶醉了、入迷了。她的脑子想象着琴剑的样子。还别说，虽然蓝冰与蝶姿交往这么久了，却一次也没问她看一下琴剑的照片。想到这里，蓝冰就去找蝶姿。

这个蝶姿，这个疯丫头，跑哪里去了呢？刚才还在这儿，这会儿就不见了。整个校园里都没有她的影子。蓝冰从来都没有像现在这么强烈地想找到蝶姿。找了一大圈，才从同学那儿得到消息，蝶姿到理工大学找同学去了。

唉！那就先回信吧！

回信，写什么呢？拿起笔，蓝冰又不知从何下手。

坐在宿舍办公桌前的蓝冰样子很纯净，双手托着下巴，目光聚焦在窗前那盆盛开的丁香花前。蓝冰很喜欢丁香花，喜欢它那种稍带点儿忧郁的颜色，喜欢它那种悄悄开放的感觉。这盆丁香花是一个追她的小男生送的。看着看着，蓝冰嘴角露出了一丝笑，那样子就像一朵盛开的丁香花。

一瞬间，蓝冰来了灵感，在信中她这样写道：

琴剑：

见信如面！

展信祝工作顺利，心想事成。收到你的来信非常高兴，也很为激动。真的，我好久没有这样的心情了，甚至可以说，这是一种不曾拥有过的心情。

你的来信我是用心去读的，看了好多遍，如果在这之前我所了解的你是一名优秀的军人，那么现在我发现你不仅仅如此，你还是一个好哥哥，一个好男孩，对待妹妹如春天般的温暖，对待朋友如初夏般的温馨。

在我的生命里，我曾经一直喜欢两种颜色，一种是蓝色，一种是绿色。虽然过去很多人用很多文字来形容各种颜色，可我自己却对这两种颜色有着不同的看法。我想蓝色应该是一种深雅的颜色，给人一种纯洁、纯净、纯美、执着和永恒的印象，那是生命中最真实的颜色。而绿色，是一种生命、生气、生机的象征，我喜欢绿色不仅是因为已逝的父亲当过兵，从小背着一个绿色的军用书包的我，更认为绿色是一种责任、一种使命、一种光荣，我的成长一直是绿色在激励我、鼓舞我。所以我对这两种颜色情有独钟。你呢？你喜欢什么颜色？

……

琴剑平时除了按部就班的工作训练，就是盼望自己能够早一点儿当上班长，成为步兵团最优秀的班长，自从与蓝冰通信后这种愿望更加强烈。同时，他每天还盼望着蓝冰的回信，琴剑每天都生活在希望里。等待是熬人的，也是幸福的。

他抱着钢枪在训练场上遐想的时候，一封清秀绢丽的小字书写的来信被文书巧妙地插在了钢枪上。看到琴剑信来了，同班的战友们都为他欢呼雀跃，一个个抢着要看信，还有战友要他请客。因为从来信的字体上看完全可以判断这是一个姑娘的来信。

琴剑大声吼道："同志们哪，真是大惊小怪，这是我妹的来信，难道你们不知道我的亲妹妹在那所大学上学吗？真是的。请客就请客嘛！信总得让我先看吧！"

"不行。""不给。""不算数。""兑现再说。"战友们吆喝着。军人收到来信就是这样的，否则谁也不会说"新兵信多，老兵事多"。

……

蓝冰：

你好！

怀着相同的心情收到、阅读你的来信。看信的时候有一种幸福的感觉，回味的时候给我一种无穷的力量，作为士兵，这种力量不断地激励我向前冲……

因为我的信给你带去了好的心情，我感到很欣慰。说句实话，我有些惭愧。成为一名优秀的军人，当一个称职的哥哥那都是我追求的目标，我也会尽力而为。其实，从我妹那儿和你信上都能感受到你是一个非常出色的女孩子。勇敢地面对困难、接受困难并战胜困难，勤奋学习，发奋图强，仅这一点就很值得我去学习。

至于颜色，我的生命就是绿色的结合体，我的生活环境就是一片绿色，她是我生命的颜色，所以我对绿色的认识和喜好是不一般的深刻，想必我对绿色的看法你应有同感吧！而蓝色是一种伴随着我成长的颜色，我从小生活在张家港，那里的天是那么的蓝，那里的水也是那么的蓝。从小我就喜欢蓝颜色，只有在蓝颜色的世界里我才感受到什么是清澈，什么是纯净，什么是简单。当兵后，烟台的天、烟台的水和我老家差不多。如果说绿色是我梦中的颜色，那么蓝色则是我生活中的颜色，两种颜色我都喜欢，都离不开。作为军人，我更应该履行好自己的义务和职责，保护好这些颜色的一片安宁。

……

在后来的日子里，一封封书信饱含的双方所有情感一次次注入对方的心田里。两颗年轻的心除了对信的盼望和等待，更多的是对对方的牵挂和祝福，毕竟，他们已悄悄地爱上了彼此。

四年大学生活让蓝冰收获很多。毕业后，她在北京海淀一家大型上市公司上班。公司离母校不远，对这里的环境也比较熟悉，一有空同学们就在一起聚会。蓝冰已打算好了，与琴剑见面时再把钱还给他。而蝶姿去了大连的一家外企上班。

四年的军旅已让琴剑成为一个成熟的男子汉，他当上了步兵团“硬骨头连”的班长，多次被评为优秀士兵，还荣立三等功一次。平时他利用业余时间参加法律本科自学考试，等退伍后他打算自己去找工作，至于未念完的大学就不准备复学了，因为明年退伍前法律本科就将全部考完。

退伍后，要做的第一件事就是来北京看蓝冰，琴剑心里想。

然而，就在琴剑临退伍前蓝冰的计划有所改变。她说：“琴剑，公司决定派我去浙江宁波负责一个合作项目的开发，时间大约一年。”

琴剑说：“怎么会这样呢?”

“公司安排很突然，连我也没有心理准备，要不你先在烟台找份工作，等我回北京后你再来北京。”

“要不你先来部队我们见一面吧!”

“我也想，只是没时间了，明天我就得去浙江。”

“那既然是这样，你自己多注意点儿，我会想你的。”

“剑，我爱你，对不起了。”

“亲爱的，我也爱你，放心去吧!”

本来想得好好的，结果计划不如变化快。琴剑退伍后在烟台一个战友的介绍下找了一份工作。尽管琴剑与蓝冰因为工作原因没有见面，但他们都是深爱着对方，这一小插曲影响不了什么。还是那句话——只要感情不滑坡，理解就比误会多。

一切似乎因为充满希望而变得那么美好。这次，琴剑已与蓝冰商量好，琴剑准备辞退工作去浙江给蓝冰过生日，然后再一起回北京。

就在还有半个来月的时候，琴剑多次给蓝冰的手机打电话都是关机，这让琴剑心里感到很不安，他感到有些不祥的兆头。1999 年 11 月 20 日，他收到了蓝冰的一条信息。蓝冰说要他把她忘了，她做了对不起他的事情。这让琴剑感到莫名其妙。琴剑怎么打电话都打不通，再过 7 天就是蓝冰的生日，这个时候怎么会突然发这样的信息。本来琴剑打算 23 日辞退工作坐火车去浙江。这么一来，让琴剑有些犹豫。而恰巧这几天公司事忙，老总要琴剑再出一趟差。曾经也是军人的老总对琴剑一直比较器重，因为蓝冰的信息，准备 23 日辞职的琴剑却没说出口，他没过多思考就答应了出差。至于去蓝冰那儿，等出完差后再说。如果不是蓝冰那条信息，他 23 日就在去浙江的火车上了。

然而，1999 年 11 月 24 日在琴剑乘坐的“大舜号”客货混装船上，琴剑为救助其他乘客，自己牺牲了，和深蓝色的大海成为永恒。

当后来，蓝冰从蝶姿那儿得到这个不幸的消息后，痛不欲生，雪上加霜，后悔不已。因为她在一次外出办事的途中出了车祸，双腿高位截肢，这也是琴剑连续半个多月打不通电话，蓝冰给琴剑发信息的原因。而此时，蓝冰更多的是内疚与自责，如果自己不给琴剑发信息，如果琴剑如期上车，那么，那么，不就不会有这样的结果吗？

……

听完蓝冰仙子的故事。忧郁王子（银坤）久久地沉默。此时，他不知道该对蓝冰仙子说点儿什么，不知道该怎样来安慰蓝冰仙子。他只是在发送的空格里打上“我明白了”四个字，然后点击发送。

蓝冰仙子：“当初与你在网上相识有两个主要原因，一是因你是军人，二是因为你也在山东当兵。我们下次再聊吧！我最终还是犯了一个错误，我应该把快乐的事与你一起分享。”然后，蓝冰就下线了。

再后来，银坤很长一段时间也没有发现蓝冰上线。

本来心情一直比较郁闷的银坤听了蓝冰的故事后，心里更多了一份感慨，不知是为自己还是为蓝冰。好久银坤没有这样的心情了，这样的心情很平静、很安详。在后来的报社实习也基本上是在这样一种心情状态下完成的。

三

军校毕业后，银坤被分配到了吉林榆树地一支部队的宣传部门工作。到了这个新环境，他的心情有了一些好转，尤其是刚毕业期间，不断地下连队采访、写稿，一时间在《解放军报》《前进报》等一些军地报刊上发表了不少作品，受到了各级领导的一致好评。闲暇写的一些散文和小说也发表了。他军校毕业后整两年都没有休过探亲假，领导和同事们劝他休假，他总是说自己没什么成绩，不好意思回家。其实他不回家是因为一踏进故乡的土地，他就会想起灵鹃和另外一个叫逸花的女孩子。而想起这两个女孩又都是他的痛，所以，还不如不回去。

今年年底，因为新闻宣传工作特别出色，在《解放军报》还发了一个头版头条，师党委给他荣立了一次二等功。单位主任特批他休假。领导主动送假，银坤就恭敬不如从命了。

回到老家河北唐山后，在家里没待多久，几个过去在军校关系特别不错的战友让他去广州玩。刚好银坤也出去散散心。令银坤没想到的是，在广州，他见到了逸花。

一想起逸花，银坤就止不住地回忆。

那还是他们上高中的时候，银坤与逸花在同一个学校，逸花比银坤高一年级。如果那时不是银坤这么腼腆，又比逸花低一个年级，如果不是逸花那么害羞，又比银坤高一个年级，也许，整个故事都将在另外一个时空里发生。这是银坤感到遗憾的一件事情，也是银坤当时没想到的事情。

学生时代的逸花和银坤都是忠实的文学爱好者，也是校刊《海蓝蓝》的忠实读者和作者。银坤投稿的时候都是用笔名“凌空扬”，虽然他在《海蓝蓝》发表的东西不多，但每发表一篇都能引起喜欢《海蓝蓝》的读者的关注，所以许多同学都想知道这个凌空扬到底是谁。而逸花那时候已是《海蓝蓝》的大腕级人物，对于凌空扬的出现，她似乎也在关心，但她同样不知凌空扬是谁。而银坤早就知道逸花是《海蓝蓝》的高级写手，从心里比较佩服，只是一直没有机会相识而已。两个人就像两条平行线，虽然在一个空间里相行，却未相遇，尽管有《海蓝蓝》这个支点，但同样不能使他俩相识。

一次，学校组织高中部的学生郊游。在郊游的过程中，逸花捡到了一块手表，那是一块运动手表，颜色是黑色的单历手表。手表是谁的呢？当时银坤在一个山泉边洗脸的时候把手表摘下来就放在了泉边，结果洗完脸就忘了。直到同学们全部从郊外返回学校，他才发现自己的手表不见了。手表丢了后他又埋怨自己玩得太开心了。

逸花回到学校后，由于《海蓝蓝》编辑部与她约了一篇稿子，她就忙着写稿去了，结果到了第三天她才想起自己捡到了一块黑色的运动手表。

第四天，逸花在学校的墙报写通知的地方写下了这样一条通知“本人捡到黑色运动手表一块”。因为丢了心爱的手表，银坤这几天一直无精打采，连吃饭也叫同学帮他打回来，当然，他得到的消息也是同学告诉的。刚开始他还不相信，硬是连着好几个同学对他说后，他才将信将疑。于是银坤就亲自下楼去看，结果同样是让他失望，因为逸花忘记了留下联系方式，等于银坤还是找不到手表。银坤又郁闷了一天。

也许是逸花自己发现了，也许是她想怎么还没人来领东西。趁开饭的时候她去看有没有人在通知榜下等待。后来才发现自己忘记留下联系方式了，她又赶紧把“高（三）58班逸花”留下了。

当银坤再一次看到通知的时候，已到吃晚饭的时候了。吃过饭，银坤就去高（三）58班找逸花。手表丢了竟然会让逸花捡到？真是无巧不成书，银坤似乎有些不敢想象，因为他一直想认识逸花却苦于没有机会，这次没承想机会却送上门来。听老一点儿同学说逸花可是学校的校花一朵。尽管是银坤的手表丢了，尽管银坤是去领手表，他却有些紧张。

当银坤来到高（三）58班的时候，因为是晚饭后，教室里人不多。有一个女孩子的背影正在看《海蓝蓝》。凭直觉，银坤觉得她就是逸花。

“请问一下你是逸花老前辈吗？”银坤问。

“老前辈？我很老吗？”

“不……不……不，我感觉你比我早一年级，所以这样称呼。”

“女孩子不喜欢别人说自己老。”

“哦！对不起，我不是故意的。”

“好吧！不知者不为怪也。你找逸花有何贵干？”

“我……我……我的手表是她捡了。”

“你的手表什么样的？什么时候丢的？丢在哪里了？”

“黑色的，运动手表，大概……大概丢在郊游的地方了。”

“哦，给你吧！”

“太感谢了，请问你就是逸花吗？”

“对啊！值得怀疑吗？”

“不……不……不，我只是想认识你一下，我很喜欢你写的文章。”

“你喜欢看《海蓝蓝》吗？”

“对，我也喜欢给它投稿。”

“发表过吗?”

“发过一些，不多。”

“哦！那你叫，叫?”

“我叫银坤，平时用‘凌空扬’笔名。”

“哦！你就是‘凌空扬’啊！早知道，但没想到你就是。真是巧了，这段时间好像你没写什么东西。”

“谢谢关心，这段时间我的事稍微多一点儿。一直想写来着。”

“有时间你可以多写点儿东西，你的文笔挺好的，我们几个都很看好你，你的文字很有特点，有个性，像一股清泉缓缓流进读者的心田。”

“过奖了。我还不行，还得多向你们学习。”

“不敢当，不敢当，往后有时间多交流交流吧!”

“好，那真是非常感谢了。”

自离开高（三）58 班后，银坤一路带着笑容回到班里。同学们对他的笑感到有些莫名其妙，都问他遇上什么好事了。关系熟点的男同学就问他手表是不是真被校花逸花捡到了。

哪里？没有的事，什么校花？不知道。捡到东西物归原主还不很正常吗？看你们大惊小怪的，没出息。

认识逸花对于银坤来说的确是一件非常高兴的事情，这种高兴是他发自内心的。这不仅是因为他认识了校花，更是因为他们都爱好文学，都爱写稿，往后可以直接联系沟通了。

在与逸花交往的大半年时间里，银坤留给逸花的印象也特别不错，毕竟相互间有太多的共鸣了，如果不是因为学习的紧张，对感情的朦胧，逸花对银坤是会产生另一种情愫的。而银坤彻底地喜欢上了逸花，只是他一直没好意思说出口，不知该如何表达。以至于待逸花高考离校后也没能把自己对她的爱向她表白。所以，在往后的日子里银坤一直有一种遗憾。

这次来广州能见到逸花，实在让银坤深为感动，只不过此时的逸花已是孩子她妈了。

得到逸花也在广州的消息完全是一次巧合。

银坤到广州后，战友们特别安排他在一家家乡菜馆吃饭。席间，旁边的一个桌上有两个老乡用家乡话在交流，银坤刚从北方来到南方，听到乡音感到非常亲切，就上前与他们打了一下招呼。一打招呼才知道跟他们是一个学校毕业的，还是校友，而那两个老乡正好与逸花是同一届，所以老乡们在一起就说开了，接着银坤就顺便打听了一下逸花的情况，并迅速记下了逸花的联系方式。

回到部队招待所后，银坤辗转反侧睡不着，他在是否给逸花打电话的事上犹豫不决。从心理上、感情上讲，都非常想给逸花打电话，可每次在手机上拨完逸花的号码后又删除了，他觉得这样又不妥，一来这么多年都未联系过，突然联系还不知道人家记不记得自己，另外时间也不早了，也不好意思打扰人家休息。虽然银坤这样理性地思考，可还是特别想给她打电话，他脑子里有点乱，逸花的电话号码在很短的时间里就记得滚瓜烂熟。

到底打还是不打？银坤下意识地从钱包里摸出了一枚硬币。就让硬币来决定吧！当摇晃后的硬币正面朝上时，银坤没有再想什么，将早已拨好的号码立即重拨了一遍。

“喂！你找谁啊？”一个稍有睡意的声音让银坤感到很惊喜。

“请问你是逸花吗？”银坤小心地问。

“哦！你是谁呀？”

“我是河北的银坤。曾是《海蓝蓝》的‘凌空扬’。”

“不会吧！你不是当兵去了吗？怎么知道我的电话？”

“说来话长，你现在在哪里？”

“在家里呀！你呢？”

“我在广州。”

“在广州？不会吧！”

“真的，这次我来战友这儿玩。你在哪里呢？”

“我在东浦。”

“我在天河石牌。”

“你到我家来玩吧！”

“现在？”

“可以。”

“现在有些太晚了吧！都12点多了。”

“从天河石牌到东浦挺快的，你没事的话就来吧！我还没睡。”

“行，我看看吧！”

“那你看看吧！我等你电话。”

“好。”

放下电话后，银坤就给战友打电话说去看一个朋友。战友问他需不需陪同一起去，银坤说不用了，没事的。

当银坤打车来到东浦逸花的住处后，逸花已在楼下等着了。看着逸花的样子，银坤的心里顿时百感交集，他有点不好意思，也有点紧张，还有点不知所措。眼前的逸花就是昔日的逸花！银坤似乎有些不敢相信自己。逸花除了头发比过去长了些，脸上清瘦些，其他并没有多大变化，还像个小姑娘。

看着银坤，逸花的心情同样有些情不自禁。她真的有些不敢想象，不敢相信银坤会出现，更不敢相信眼前的银坤是真的。足足对视了好一阵儿，逸花才想起说：“走吧！”不过说话的时候还是那么自然。

“哦！你家就住在这里啊？”

“对啊！”

然后，从一楼走到二楼，两个人都是沉默，好像双方都想说点什么，可又都不知从何说起。

房子很大，东西也很齐全，就是显得有些过于安静。

逸花说：“小孩在睡觉。”

“他呢?”

“嘿嘿!”逸花似笑非笑。

“逸花，这些年你都是怎么过来的啊?”

“我啊！以阳光为伍，以星光做伴，就这么过的。你呢?”

“毕业后就参军了，一直都在部队，一直都这样，直线加方块。如果说有什么不一样的话，那就是部队工作的性质决定了我们心灵的空虚只能用寂寞来填补，身体的空虚只能用工作来充实。”

“还是你们在部队好，简单，单纯，不像地方社会，什么样的事情都有可能发生，什么样的生活最终都是那么一回事。”

“不知该不该问，我感觉你好像有些心事。”

“唉！我啊！曾经沧海难为水啊。”

银坤坐在长沙发上，逸花坐在单人沙发上，茶几上一盘盛开的水仙花好像在静听着他们的倾诉。

逸花当年没有考上心仪的大学，考分只上了专科线，一气之下，南下广州。

刚开始她在广东中山市的一个模具厂上班，在那儿待了一年后又去了东莞的一个大型鞋厂当厂报的编辑，也就是在这个时候她认识了一个做橡胶生意的老板。不管在哪里，追求逸花的男孩子都很多，只是这些男孩子几乎没有她看得上的。再说，她也想到南方多挣些钱再说，她总相信凭自身条件有一个好的感情归宿肯定没问题的。所以孤傲的逸花一直拒他们于千里之外，直至在鞋厂编辑部遇到他。

虽然同样是他追求逸花，但这次逸花却接受了。因为他身上不仅有一股成熟男人的魅力，同时也有一种儒商的气质，很快，没有一点儿恋爱经历的逸花就被他的甜言蜜语包围了。

两人还未结婚，逸花就怀上了孩子，而她对他真正的了解并不太多，最后发现他已是有妇之夫时，现在的孩子月瑯也来到人世。

他此时已改往日的微笑和细心，对是否与前妻离婚一事抱以回避的态度。逸花越是逼得紧，他越是离逸花远了，这不，给了逸花母女一栋房子和一笔足够她们生活的钱之后，再也不露面了。

说着说着，逸花就哭了。见此景，银坤赶紧过去扶着她，逸花趴在银坤的肩头哭得更厉害了。

银坤安慰她别哭了，过去的事就过去了，要重新面对生活，重新树立信心，每天的阳光都是新的，这个世界上没什么了不起的人，也没有什么了不起的事，世事难免有选择不如意的时候，因为在成长，因为是第一次，错了就错了，重要的是不要一错再错，这样只是对自己的一种不负责，对生命的一种自暴自弃，别人不会善待自己的时候一定要学会自己善待自己……

银坤紧握着逸花的手，逸花也紧紧抱着银坤。逸花说："我真的对不起你，那时在学校你对我那么好。"

"说句心里话，我那时真的很喜欢你，认为能和你说一句话都是这个世界上最幸福的事情。当然，我现在依然喜欢你。真的，逸花，不管怎样我都会喜欢你，毕竟你是第一个走进我心田的女孩子。"

"算了，什么都别说了，而我那时却傻乎乎的不知道你会这么喜欢我。唉！都怪我。"

"逸花，现在我们不见面了吗？我们不都还是很年轻吗？"

"不，不一样了，我现在……现在，唉！都是这个样子了。"

"逸花，不管你是什么样子，你永远都是我心目中最漂亮的逸花。"

"阿坤，你这么说让我心里好感动，真的。"

在长沙发上，在水仙花旁边，在幽静的卧室里，银坤和逸花这对曾经深爱着《海蓝蓝》，互相心仪的，却没有恋爱的恋人就像漂荡在海上的两叶小舟相依相偎，那么的安详、纯真、自然。接着，逸花失落的泪水逐渐变成幸福的泪水与银坤火热的汗水交融——那是一种生命的快感，一种生命的瞬间。

……

生命只有一次，长度与深度虽然不成正比，但拥有的与失去的都是由一个瞬间接着另一个瞬间连接而成。渴望的状态只是等待的一种形式，创造瞬间，把握瞬间，分享瞬间才是对生命的真正诠释。

——忧郁王子

在自己的电脑上，银坤写上又一次回忆的思索——那是历经岁月漂洗过后的颜色，那是经历时光过滤后的感慨。

往往瞬息之间改变生命。

——蓝冰仙子

这是银坤出事前蓝冰留给银坤的一句话，银坤将这句话复制到了自己的电脑上。

那一天，银坤急着去报社送一组图片新闻。在回部队的路上，一身军装的他和其他乘客一起随着客车踩着积雪滑下了山去。

银坤苏醒后，鲜血已染红了他绿色的军装。待抢救完乘客，流血过多的他在去医院的急救车上，脑海里一瞬间闪过了逸花、灵鸭、蓝冰仙子那一个个曾经、现在都让他为之感动的生命。一瞬间，银坤的脸上溢出了迷人的微笑……

三个人的婚姻

一

陈剑波是 K 军军长，他最近有些上火，甚至有些急了。

不是因为军事方面的事，也不是因为人事方面的事，而是因为家里的事。俗话说得好：“家家都有一本难念的经。”作为一军之长，肩挂金星的将军，陈剑波也不例外。

是什么家事让陈军长如此上火呢？不是别的事，而是他家千金陈鲜花的事。

陈鲜花，是在陈剑波军长还不是军长时一次军演时出生的。那时候的陈剑波军长还是 K 军营长，军演非常成功，陈剑波被鲜花和掌声包围，于是取名鲜花。

陈鲜花很优秀，在北京的一本大学毕业后，去了 M 国硕博连读。陈鲜花很漂亮，什么李冰冰、范冰冰与其也就半斤八两。从上小学到博士毕业，从中国到M国，多少中国和外国的小伙都甘心拜倒在其石榴裙下。

刚开始，陈军长很担心，生怕鲜花折枝。后来，陈军长还担心，生怕鲜花插在牛粪上。到现在，陈军长更担心了，生怕鲜花无人采。原来，在对鲜花的众多追求者中，有一个像魔咒般的铁律，没多久追求者就自动放弃了，又换成了下一个追求者。之前，陈军长一直认为这是追求者的问题，可后来越来越觉得不对劲了，他才意识到是陈鲜花的问题。

鲜花能有什么问题呢？不同的人传出相同的声音：陈鲜花太傲，人是很好，只是从来不让男生碰她。这男生见到美女，都似馋猫见了鱼，如果天天见到鱼却不能吃，馋猫可能宁愿去选择老鼠。

人的圈子只有那么大点儿，再牛再强大的人也离不开圈子。要不与熟人打交道，要不与熟人的熟人打交道，谁总不可能天天与陌生人打交道，更不可能天天与陌生人打交道还能成为朋友。即便有，也是少数。这样，人在圈子里混，最后只有一样东西是最珍贵的，那就是口碑。要不哪来众口铄金，哪来众口成河。

鲜花也渐渐成为了别人口里的个性女。其实，个性女也没什么，这年代不婚不嫁的美女多得很。只要自己过得好，又不给社会找麻烦，还能自己赚钱养活自己，这就是好公民。然而，做一个好公民容易，但做一个好女儿就可能要努力了。

为了尽快解决大龄女儿鲜花的婚姻大事，陈军长这回动真格了，见了部下谈完工作就谈鲜花。之前，在众多追求者中，部队军官还真没有。毕竟鲜花没在部队工作，她又是高干子弟，一般小军官也不敢高攀，而最关键的是陈军长不希望她找当兵的，因为他不想家里人都是当兵的。这回，是他真着急了，当兵的也行。

部下们一听军长的女儿要在部队找对象，便立即物色人选。大家都知道，部队就是不缺男人。

这不，人选来了。

二

K 军政治部干事马亮，南方人，长得精神，多才多艺。经人介绍，与陈鲜花认识了。

约了几回，谈得也不错。对丁马亮的情况，陈军长已了如指掌，总体上讲，他是非常满意的。可是，见面几次后，陈鲜花对马亮不冷不热，还说马亮没有军人气质，弄得马亮脸红脖子粗。就这，马亮也忍了，谁叫她是军长的千金呢？就冲她爹，忍一时之气也是值得的，这在流行“拼爹”的时代，想找个“拼爹”的机会都是很难的。

然而，陈鲜花竟然对马亮说，可以和他结婚，但不许马亮碰她，不许马亮和她同睡一张床。听到这里，马亮不干了。在军政治部工作，也相当于地方省一级的单位了。虽然找军长千金这样的高干子弟不易，但两条腿的女人马亮他可满大街挑，更何况马亮本人也很优秀。就这样，马亮在还未进陈军长家门的路上就断送了进他家门的机会。用马亮的话说，这样的“爹”，咱不“拼”了。

马亮和陈鲜花分手了，虽然陈军长感到有些突然，但也并没有感到意外。谁的女儿谁懂。

马亮走后，等着与陈鲜花相亲的优秀男军官最少还有一个加强排。

英雄营营长侯军，年轻有为，军事素质好，高大威猛，来自孔孟故里。

干侦察兵出身的侯营长，从外围着手，对陈鲜花本人多少有些了解。他总能通过陈鲜花的熟人，或者熟人的熟人与她沟通。看着侯营长阳光帅气的身影，她好像找回了老爸陈军长年轻时的记忆。她也被侯营长的甜蜜加温柔的攻势打动。只是，她又反复搬出了自己的要求——可以结婚，但不可以同床。

刚开始，侯营长只是认为陈鲜花说着玩儿，但没承想，多次接触之后，真的连陈鲜花的手都没摸过。侯营长看在陈军长的面子上没跟她急，但心里的不爽已经动摇了自己的信心。每次离开陈鲜花的时候，都会给自己的前女友——军区总医院的牙科美女军医打电话，叙说苦闷。每当此时，美女军医都会在最短的时间里，开着自己的小宝马来安慰侯营长。而每次安慰后，侯营长与美女军医的关系又进了一步，和陈鲜花的关系又退了一步。

最终，侯营长承认自己打了败仗，但他身边从此多了一位开宝马的美女女友，而陈鲜花还是一朵孤单绽放的花朵，没有风吹，没有雨打，更没有阳光的照耀。

陈军长实在无语了，上火的心情也影响了他的工作心态。他决定，去K军全军基层连队检查。他还是那个老习惯，只要见了兵就开心，否则下班回到家就愁眉不展。当然，这回他不仅要亲自到基层连队检查，同时，他也有自己的另一个想法……

三

K军所辖的地盘很大，军部在省会城市长沙，还有好多部队在山区的小村里。

陈军长是湖北人，对湖南的地理环境也非常熟悉。转完几个部队后，军长本人心情大好，非常固执地要去湘西南部大山深处的弹药库检查，其他领导劝阻也不听，没办法，军长要去检查，那就去吧！

也是在这次检查中，引出了本文的另一个主人公牛大强。

陈军长在弹药库检查过程中，对勤务连连长牛大强情有独钟。牛大强对业务非常熟练，全连官兵被他带成一群小老虎，个个嗷嗷叫。一看，牛大强就是一个会带兵的军事干部。就这样，牛大强非常荣幸地走入陈军长眼里，也间接走入了陈鲜花眼里。

牛大强，西北人，大高个子，粗犷得很，全身都是古铜色的腱子肉。因为军长高看他一眼，师长也就不再小视。没多久，牛大强就被借调到师军训科工作，这样，牛大强也就有机会被热心人士介绍给陈鲜花。

说实话，陈鲜花不仅漂亮，还有一肚子墨水，这样的女人眼光高也不算怪事，所以说女人不可怕，就怕女人有文化。对牛大强她并未看上，只是对他那粗犷的外表倒是有几分欣赏。一来二往，虽然没把牛大强当回事，但牛大强竟然也没把陈鲜花这种性格当回事，依然举着热脸往她屁股上凑。

即便陈鲜花又一次搬出铁律，牛大强也一口答应，但他有一个条件——调自己到省会长沙来，这是陈鲜花没想到的。陈鲜花是读书人，也是军长千金，说出的话可不好收回。于是，他俩还真进入了谈婚论嫁的阶段。牛大强也如愿以偿地调入了省会长沙。

就这样，陈鲜花和牛大强在陈军长慈祥的微笑中，在众人眼里的羡慕中迈开了步。故事至此，也就该是一个皆大欢喜的结局了，步入婚姻的殿堂本就是男女爱情的终极目标。只是，有时候殿堂是天堂，也有时候殿堂是幸福的灵堂。

有一个人一直在以泪洗面。她那是幸福的泪水，她不为别的，她只为牛大强有出息，有一个好的前程，她心满意足。虽然她没什么文化，也没有什么学历，但她认理儿。

这是怎么一回事？她是谁？

四

牛大强从小生活在农村，家庭条件很苦，在别人都流行南下打工的年代，他毅然选择了当兵。不为别的，只为追逐自己的梦想。

到部队后，他起早贪黑，刻苦训练，努力工作，通过自己超出常人的付出，终于为自己赢得了一个保送上军校的指标。原本想，军校毕业后，成为了军官，在当下流行认身份的年代，他成为了干部身份，就可以抬起自己的头颅做人，谈对象。可是，情况并不如此。

保送上军校的士兵都是优秀士兵，是训练尖子，军校毕业后原则上都应分配到基层一线部队带兵。这样，牛大强毫无悬念地被分配到了湘西南的大山沟里，开始了自己白天兵看兵，夜里数星星的军官生涯。

在中国这样一个男大当婚、女大当嫁的传统社会里，当军官后牛大强的首要任务就是找对象。当士兵五年，军校待了三年，这就是八年，十八岁当兵，也二十六了。

牛大强是个孝子，一心想在老家找个对象，能照顾家。因为自己是军官了，就想找个城里姑娘，谈了几个，都以失恋而告终。城里姑娘有几个不挑剔的呢？尤其是进入新千年后，姑娘们都非常自我，找不到合适的，宁愿不找不结，反正自己有充满文化的大脑，有充满勤劳的双手，在社会主义中国，养活自己，那绰绰有余。

姑娘们一看牛大强老家那条件，还得与他两地分居，过着惨无人道的半寡妇生活。得，牛大强，你打住。你走你的阳关道，我过我的独木桥。你也只是个军官，如果你是战斗英雄，我们可能还会考虑考虑，自古美女爱英雄，千年不变的定律。然而，在和平年代，想成为战斗英雄？这不是一件靠谱的事，姑娘们也不希望见到这样的战斗英雄，还是和平年代好。

与老家的城里姑娘们告吹后，牛大强在军嫂们的指导和帮助下，又与驻地的城里姑娘展开了攻势。

城里的湘妹子也不是吃素的。你一小军官，除了干部身份，什么都没有！还在那么偏僻的地方当兵，一周都难得见一次面，放个屁都要请假。对不起，牛大强，我们不和你玩了。城里姑娘人人追，城里剩女一大堆。生活，就是那么搞笑。

五

如果用山来形容牛大强面临的困难，再也贴切不过了。他企盼的爱情就是他很难逾越的一座大山。既然大山难以逾越，那又何不在大山底下乘乘凉呢？牛大强没有想过这样做，但他的行动却正是沿着这条路子。

弹药库作为K军N师的重点单位，选址非常讲究。这不，弹药库边上唯一的一个村子里村民也不多。那一个唯一的小卖店就成了牛大强的精神乐园。每次分手，他都会来到小卖店买酒喝。

毕竟，在连队里喝酒影响不好，还容易成为其他军官茶余饭后的笑话。当然，另外一个重要原因可能跟小卖店的主人有关。

小卖店的主人姓徐，叫徐满娘（满字，在湖南有最小的意思，如满崽，就是最小的孩子）。不到四十岁，为人贤惠。老公死得早，与一个十九岁的女儿郝美丽为伴。

徐满娘也是有个性的女子。村子里其他人家的小伙子、小姑娘都去广东打工了，走得最近的都去了省会长沙。只有她，不让郝美丽去上高中，她说，女人书读多了容易想得多、走得远，到时老娘可能只是一个符号。也不让郝美丽去广东打工，她说，女孩子去外面打工可能就嫁得远，到时老娘可能只是一个念想。为此，自郝美丽十六岁初中毕业后就一直跟着徐满娘打理小卖店，这眼看就三年过去了，美丽也从十六岁的黄毛小丫头蜕变成了亭亭玉立的大姑娘。

粉嫩的鸭蛋脸上镶嵌着一双水灵灵的大眼睛，柳叶细腰下的一双长腿比莲藕还顺溜，小巧的身材玲珑多姿，怎么看都让人赏心悦目，就是典型的湘妹子。说实话，邻村提亲的人不少，就连镇上中学的老师都来做媒，只是美丽都没同意。对于孩子相亲的事，为娘的徐满娘倒没提要求。一是孩子还不算大，二是没让孩子读高中和外出打工，心里多少有些内疚，她也就不给孩子再提更多意见了。小当兵的们虽然很喜欢美丽，但有军规，士兵不能在驻地谈对象，毕竟你是来当兵尽义务的，而不是来驻地搞对象的，况且军官们又想找个城里姑娘。

这牛大强三天两头到小卖店喝酒，喝多了就想说话，心里确实憋屈啊。见了快一个排的对象，谈了比一个班还多的姑娘，每次都是人家提出来分手，你说这心里能不难受吗？

作为牛大强最忠实的听众，徐满娘每次都从头听到尾，且随着牛大强的情绪起伏而波动。无疑，徐满娘早已成为了牛大强的知心姐姐。他俩的一唱一和，总能及时化解牛大强心头的苦闷。

只是，他俩都忽略了一个人。

六

人，只要是人，就会有思想，而自己内心最真实的想法往往不会被环境或他人左右。郝美丽就是这样。她是一个十九岁的大姑娘了，虽然没人问她心里是否有人，她爱着谁，但这一点也不影响她心里的那个身影。

她十六岁初中毕业的那个夏天，牛大强也刚军校毕业，肩上扛着两个鲜红的军校学员肩章。牛大强那个春风得意的样子，在那个夏天的某一天，在不知中已经走进了少女郝美丽的小小心湖里。美丽没跟任何人说，她也不会跟任何人说。她觉得那个人哪怕只是一个身影在自己的心湖里，哪怕那个人从来都不知道，她都认为自己已是最幸福的人。

三年，这三年里，郝美丽的心湖里一直有那个身影在遨游。每次，美丽都会在一个无人关注的角落里远远地望着他，望着牛大强这个令自己心醉的男人。她知道自己配不上大强，也知道牛大强从来没把自己放在心上，即便如此，美丽也愿意，依旧把牛大强的一举一动放在心里。爱，就是那么奇怪，爱，就是那么神奇，苦苦暗恋，却无怨无悔，尤其是第一个走进心里的人。

三年，这三年里，牛大强一直在与一个接一个的城里姑娘腻味着。北方的，南方的，自己肩上鲜红的军校学员肩章也换成了一杠两星的中尉军衔。一次又一次地开始，又一次接一次地结束，牛大强往复地从精神饱满至心灰意冷，再去小卖店喝着失意的啤酒。在这三年里，啤酒成了牛大强人生中最忠实的伴侣，比姑娘A，比姑娘B……姑娘N都强多了。

这三年里，徐满娘除了继续经营自己的小卖店以外，可能最有成就的事就是倾听牛大强说三道四，且帮助牛大强跨过了一个又一个因为谈对象而积累起来的心坎。只是徐满娘在关心牛大强的时候忘记关心自己的女儿郝美丽了。在她的眼里，郝美丽还只是个孩子。她并不知道郝美丽的心房里已经住进去一个男人了，并且深深地爱上了这个男人。

这三年里，不管是春天，还是冬天，牛大强在一把鼻涕一把泪地质问自己或徐满娘为什么的时候，郝美丽都在小卖店里屋听着。牛大强任何的一次不开心，都抽动着郝美丽的心。多少次月夜下，她为牛大强暗自流泪。她如此地渴望牛大强振作起来，强大起来，成为一个了不起的军官，让那些看不上大强的她们后悔去吧！

那一天，郝美丽的外婆，徐满娘的娘病了。徐满娘回娘家看望老娘，因为帮老娘洗了一天的被褥衣服，有些累了，就在老娘家住下了，而小卖店里就郝美丽一个人了。其实这也没什么，徐满娘经常回娘家，郝美丽也经常一个人看店。离部队那么近，她们倒从来不担心有坏人。只是一个人看店没意思，孤单。

那一天，牛大强又失恋了，闷着头就来到了小卖铺里买酒喝。

小卖店里只有郝美丽一个人，牛大强又是部队熄灯后来的。作为军官，这点自由他还是有的。即便没有，他也可以利用查铺查哨查岗的时机创造机会。

因为是郝美丽一个人，牛大强憋了一肚子的话试了几次都不好意思开口。没人聊天，一个人只能闷着头一杯接一杯地干，因为喝得急，醉意就上得快。不像平时，边喝边聊，不仅喝得慢，还喝得多，还不醉。

看着牛大强那副狼狈的样子，郝美丽说："大强哥我陪你喝，你一个人喝闷酒最伤身体了。"

"你……你陪我喝？你行吗？你妈去哪儿了？不行，你不会喝。"牛大强说。

郝美丽二话没说，操起半瓶啤酒一仰脖，就往嘴里灌。这是美丽平生第一次喝酒，为了自己心爱的男人喝酒，一个字——值。

七

牛大强虽然喝了不少，但不至于醉。看着平日里如此宁静的乖乖女郝美丽突然的举动，着实吃了一惊。先是一愣神，接着跨过小卖店的柜台去抢郝美丽的啤酒瓶。谁知没抢到，郝美丽连忙往里屋的房间跑。牛大强就赶紧追过去。

等牛大强夺过郝美丽的啤酒瓶时，啤酒瓶已经空了，剩下的就是郝美丽瘫软在床边的地板上。

牛大强正弯腰去拉美丽，美丽竟然一把抱着牛大强的腿，说："大强哥，我爱你。别人不爱你，我爱你。大强哥，我是你的，你快抱抱我吧！我爱你好多年了……"

这些话有些太突然了，牛大强有些蒙了。说实话，这么多年了，他只是不断地与徐满娘说话，却从来都没想着郝美丽已经是一个亭亭玉立的大姑娘了，他还是把美丽当成一个小女孩。

十九岁，多好的年龄呀。

牛大强这回才细看了郝美丽。那红扑扑的小脸蛋灿若桃花，那凹凸有致的小身材令人心动，尤其是美丽呼吸时胸前那两只此起彼伏的小白兔让牛大强神往。大强没有忘记自己是军官，不敢再往下想，只是说："美丽，你不该喝这酒。来，我扶你上床休息。我也要回部队了。"

谁知，郝美丽哭了。她点点头，没说话。于是，牛大强一把将美丽抱起，放到床上。

以为没事的牛大强哪会想到，郝美丽一把抱着牛大强的脖子不放了，把牛大强的脸贴到自己胸前，说："大强哥，我真的好爱你，我是你的，我今晚就给你。"

看着郝美丽楚楚动人的样子，作为男人的牛大强再也控制不住自己了。他的心顷刻之间就被融化了，搂着郝美丽就不停地亲……

这是牛大强第一次，许许多多个第一次，都在郝美丽身体上实现了。那种感觉，是牛大强二十九年的人生从未遇到过的感觉，那是一种什么样的感觉呢？牛大强太激动了，太幸福了。美丽也是第一次接触男人，只是有些稀里糊涂。

从那以后，牛大强就像变了一个人，整个人变得精神焕发，动力无穷，阳光被印在了他的脸上，微笑被绘在了他的脸上。都说一个男人可改变一个王国，一个女人可以改变一个男人。看样子，此话不假。看样子，还是女人厉害。

八

郝美丽，十九岁的青春给了自己心爱的男人。那是她一直期盼的事情。在她的世界里，牛大强就是天，牛大强就是地，牛大强就能顶天立地，再也没有人比牛大强优秀了。那些与牛大强分手的城里姑娘只能说没有眼光。牛大强多好呀，对人那么真诚，工作那么努力，上进心那么强。最最让人佩服的是牛大强十年如一日扎根军营，热爱部队，默默奉献，无怨无悔。如果没有牛大强这样的军人保卫国家，哪里会有国泰民安，幸福生活。什么姑娘都可能连自己怎么被卖的都不知道！这种事情又不是没有发生过，历史上多的是！所以说，人什么都可以不学，但历史不能不学。

郝美丽与牛大强好了，好得如胶似漆，好得神魂颠倒，好得忘记自我。

一对青年男女，只要尝到了身体动作的和谐，那，就是他们幸福的开始。那种幸福可以使人忘记一切烦恼，那种幸福可以让人吃掉另一个人的身体。

徐满娘并不知道这些事。因为郝美丽早说了，他和牛大强的事，不会和任何人说的。因为郝美丽不想因为这事影响了牛大强的前程。在郝美丽的眼里，男人的前程是最重要的。

K 军陈军长的突然到访，终于给牛大强的人生带来了一个根本性的转折机会。

然而，牛大强根本就不稀罕这样的机会。自从他和郝美丽好上后，他就打定主意，什么城市也不去了，什么城市姑娘也不娶了。他只认郝美丽，因为只有郝美丽懂他，只有郝美丽爱他，只有郝美丽安慰他，只有郝美丽对他好。他宁愿做郝美丽的男神，也不会去做城里姑娘的男人。

当 N 师机关要借调他去帮助工作时，他都没答应。郝美丽从徐满娘嘴里得到这消息后找了牛大强，鼓励牛大强要抓住机会，证明自己，做一个让城里姑娘看得起的军官，牛大强这才勉强答应。至于后来跟陈鲜花谈对象的事，牛大强想都没想过，因为他心里只有郝美丽，也只爱郝美丽，任何女人也不可能走进他的心里。

就这样，牛大强挥泪离别了郝美丽。可郝美丽开心无比，因为她就希望牛大强有出息，就希望牛大强飞得又高又远。

那天，陈鲜花搬出铁律才能答应与牛大强结婚时，牛大强想都没想就答应了。

九

陈鲜花是什么人？

经历无数次的分手后，牛大强太明白了。别说城里姑娘惹不起，这K军陈军长的千金，堂堂高干子弟，牛大强他压根就没想过。不许碰、不许同床，就算再列出一百个不许，只要同意与牛大强结婚，这要是在和郝美丽好之前，牛大强也会第一时间告诉徐满娘。可是，他现在不一样了，他心里有人了，他现在是郝美丽的人了。他不能没有美丽，他不可能离开美丽，尤其是要了郝美丽的身体后，就更不能没有美丽了，因为，美丽就是他的幸福之源。

当陈鲜花和他说完之后，他只当是一个玩笑，这种玩笑，之前的城里姑娘没少开，亏他每次都认真对待，最后呢？受伤的却是他自己。所以，陈鲜花的话，他根本就不敢当真。

然而，在得知陈鲜花是认真的，当听到一些有关陈军长选婿的小道消息后，他才意识到，这回是自己的玩笑开大了。

一言既出，驷马难追。结就结，怕个球！结了还可以离，离了之后再与美丽结婚，到时还可以把美丽随军到省会长沙来，到时对徐满娘也是一个交代，总不致徐满娘枉对自己好。

就这样，怀着将错就错的复杂心理，牛大强与陈鲜花步入了婚姻的殿堂。这就是一开始说的那样，在陈军长的慈祥的微笑中，众人眼里的幸福婚姻中迈开了步。

牛大强与陈鲜花结婚的事，虽然他没有告诉郝美丽，但他们的婚事还是像漫天飞舞的柳絮一般，飘进了牛大强所待过的每一个角落。

郝美丽听到这个消息后，刚开始她并不相信这是真的。后来从弹药库的其他官兵那里再一次印证了这条消息的真实性后，先是一阵的伤心，接着又是一阵高兴。她为牛大强终于有出息了而高兴，她知道，牛大强不会放开她的，牛大强一定是爱她的，他肯定有难表的苦衷。曾经的山盟海誓，曾经的海枯石烂，曾经的天涯海角，她都是记得的，牛大强也会记得的。大强一定会来找自己的。不过，自这之后，郝美丽干啥都有些愣神了。

牛大强和陈鲜花结婚后，彼此的彬彬有礼显得格外陌生。他俩在长沙烈士公园旁边的电梯房是陈鲜花结婚之前就买好的。平时上班各忙各的，下班后还是各忙各的。没有语言的婚姻就像两个毫不相干的个体因为某一种特定的关系而走在了一起。如果不是因为这种特殊的关系，在大街上，可能谁都会觉得看对方一眼都显得多余。

陈鲜花倒没觉得有啥，只要牛大强不碰她，不同床，就可以井水不犯河水。只是话，一句都没有。

慢慢地，慢慢地，牛大强憋不住了。终于一天，他把郝美丽约到了长沙。

同样，没有一句话，但那如饥似渴的动作，那么的火热，那么的疯狂，那么急切地想把对方咬碎，一口一口吃掉。

休息的时候，牛大强想说点什么，郝美丽根本没给他机会，一把就把他的嘴堵住了，“大牛，什么都不要说。我懂。你什么时候需要我，我就来。只有这样，你才会安心工作，才能全力奔前程。我知道你憋了好久了。来吧！宝贝，我是你的。”

十

面对郝美丽无私的爱，牛大强心里除了努力工作，干出成绩，剩下的就是深深的内疚了。

在这样物欲横流、利益至上的社会，郝美丽的单纯无疑是难能可贵的。不是美丽不懂，而是她不想。因为在她的世界里，爱是无价的，是任何物质都换不来的。郝美丽老爸过世早，从小就没有男性的爱，失去的父爱，是多少钱也买不回的。所以，牛大强对她的爱，那是比阳光还温暖，比金子还珍贵。只要牛大强爱她，其他的她什么都可以不要。

牛大强除了拼命工作，没有更好的选择。这不，正连职才干了两年，就因为工作突出而提前晋升为副营职军官了。

人，就是那么奇怪。如果牛大强还在弹药库当连长，提前晋升为副营长，肯定没人说什么。但现在他是K军陈军长的堂堂乘龙快婿。他的提前晋升，就引来了不少非议，刺耳的话传来传去就传到了牛大强的耳朵里。

那天，因为刺耳的闲言碎语，好久没喝酒的牛大强又喝多了。这是他与陈鲜花结婚以来第一次喝多。喝多的牛大强和往日一样，一个人回到那个虽然有人但同样孤孤单单的家。

不知道是他故意的，还是无意的，反正他推错了门，进错了房。

之前，陈鲜花每天晚上睡觉前都会习惯性地把门反锁了。大半年后，看牛大强还挺守规律，就放松了警惕，有时会忘记把门反锁。

那天晚上，陈鲜花刚好忘记了锁门。

因为是周六，都快晚上十点了，陈鲜花还背靠着床头看书。牛大强的突然进屋，陈鲜花虽觉意外，但并不紧张，她转过脸看着牛大强，牛大强正鼓着两只像红灯笼的大眼睛瞪着她。

四目相对，但无语。

大约半分钟后，陈鲜花冷冰冰地放出一句话："有事吗？如果是走错门了，就请出去。"

牛大强缓了缓，哦了一声，转背就出门了。可迈出步子没三步。他又推门而进了。他说有事。

"什么事？"

"大家都说我沾了老爷子的光，都说我娶了一个好老婆，我这连老婆的手都没亲过。我今天倒是要亲一亲。"

“牛大强，你敢！”

“我牛大强今天就敢了。”

结婚半年多，在牛大强醉酒的情况下，这才有了第一次。

“牛大强，你这个王八蛋。明天我就告你强奸，我要让你坐牢。军法处置。”陈鲜花气到了极点，从小在花瓶中长大的她，哪受得了这种事情。

扑通一声，牛大强跪在了陈鲜花面前，说：“我再也不敢了。我们离婚吧！我再也受不了了。大小姐，我求你了。”

“想离婚，你没门，我要让你把牢底坐穿。”

陈鲜花叫牛大强滚出去，说看到他恶心。但牛大强就是不起，就这么一直跪着。

十一

一个人的外表再厉害，一个人的内心再强大，在有些事面前，都是那么的手足无措。比如天灾人祸，又比如突然袭击。

牛大强对陈鲜花就属后者，一个陈鲜花从来都不曾想过的事情发生了。在她的脑子里，从来都没有预案。作为K军军长的千金，想必任何一个认识她的男人都会敬畏她三分。然而，她又是牛大强的合法妻子。这牛大强干的好事，自己该怎么办？

陈鲜花不愿看到下跪的牛大强，她去洗澡，牛大强就跪在卫生间门外；她去客厅沙发上躺着，牛大强就跪客厅沙发边。牛大强知道，这要是陈鲜花真的去告自己强奸，那这人就丢大发了。他宁可陈鲜花马上和自己离婚，也千万不要告自己强奸。

一个夜晚，整整一个夜晚，牛大强就这么在客厅跪着。

第二天一早，陈鲜花出门，抱着所有的床上用具准备出门，牛大强才真的傻眼了，以为是陈鲜花带着这些东西当证据，要去告他。

牛大强一把抱着陈鲜花的腿，苦苦哀求陈鲜花。陈鲜花面无表情，眼不斜视，说：“滚开，你还是男人吗？从明天开始，你不要再进这个家门了。”

望着陈鲜花冷漠的样子，牛大强彻底绝望了。

那天，牛大强都没去上班，他就在家里胡思乱想，等待着部队保卫部门或者地方公安的到来。他无数次想象着他们进门后的场景，以及陈鲜花那冷漠无情的样子。

然而，一天过去了，都晚上了，部队保卫部门的人没来，地方公安的人没来，陈鲜花也没回。这让牛大强心里更忐忑了。莫非？不会吧！不会陈鲜花想不开，寻短见了吧？这下，可把牛大强吓坏了。

他想给陈鲜花的妈妈打电话，但他又不敢，怕K军陈军长也在家！这可怎么办？他打陈鲜花手机，始终是关机状态。

终于等来了第二天，多么漫长的一夜啊！比跪一夜还要漫长，还要难熬。

早上七点半后，牛大强第一时间给陈鲜花妈妈打电话。因为，每天早上的七点半，K军陈军长都会准时出现在军部大院的林荫大道上。

然而，陈鲜花妈妈说陈鲜花没在家，并反问牛大强什么事。牛大强赶紧说没事，是忘带钥匙了。

这个陈鲜花，真要命了，她不会真出事了吧？牛大强沮丧到了极点。

第二天，他又请假了。他宁愿自己去坐牢，也不愿意陈鲜花出事。

十二

陈鲜花去哪了？就像失联的马航飞机一样，在牛大强所能想到的所有地方都未找到。

第三天，牛大强不能不去上班了。但一天的工作，他都心不在焉。又不能跟任何人说，那种心情，比肩上的千斤重担还重，一点儿也不亚于伞兵第一次跳伞前的心跳。

晚上，牛大强下班就冲回了家门。

屋里，依旧一个人也没有，陈鲜花的手机还是处于关机状态。

牛大强真的要崩溃了，这种煎熬比死还痛苦。

屋内很静，除了牛大强的叹息声，就是死一般寂静。

当时针指向夜里 11 点的时候，牛大强听到了从电梯门口的脚步声。

牛大强一个箭步冲过去。拉开门，不是别人，正是陈鲜花被两个女人扶着，满口的酒气。

两个年轻女子都非常时髦，长相也是那种回头率极高的类型。

她们把陈鲜花扶进屋，对牛大强说："你就是牛大强？你挺牛呀！快照顾好鲜花。"

两名年轻女子没待多久，就撤了。

陈鲜花已经烂醉如泥，不省人事。

终于见到了陈鲜花，牛大强从来没有什么时候像这三天一样想念陈鲜花。如果是平日，不见更好，见了也是熟悉的陌生人。

陈鲜花躺在床上，衣服鞋子都未脱。看着陈鲜花终于平安回来了，牛大强那颗忐忑的心才终于踏实了。

他弯下腰去给陈鲜花脱衣服。

灯光下，酒后的陈鲜花就如鲜花一般光彩照人，小脸红若桃花，这又令牛大强心生怜爱。

牛大强又先蹲下把陈鲜花的高跟皮鞋脱下。陈鲜花的腿又长又细，牛大强在脱鞋子的过程中，顺便抚摸了陈鲜花的长腿。

在妻子不方便时，丈夫给妻子脱一下衣服也是一件很正常的事情，但牛大强要给陈鲜花脱衣服，却不是那么一件自然的事情，连牛大强自己都觉得不自然。说心里话，牛大强自己都觉得配不上陈鲜花。

但是，牛大强还是坚持帮陈鲜花脱衣服。

脱外套的时候，牛大强还自然，但越往里脱就越迟缓了。尤其是看到陈鲜花的粉颈后，再往下，牛大强身体里的男性荷尔蒙又开始起反应了。看着妩媚的陈鲜花，看着不省人事的陈鲜花，牛大强感觉身体根本就不受自己的控制。

牛大强一把抱住陈鲜花，他又一次占有了陈鲜花……

十三

事后，牛大强收拾好战场，尽量不让陈鲜花感觉到有什么异样。

第二天，牛大强不敢去上班，他得等陈鲜花醒了之后才放心。

上午九点多了，窗外的阳光被陈鲜花家蓝色的窗帘布无情拒绝了，唯一能做到的是给陈鲜花的床上自作多情地带去更多一点儿的亮度。

陈鲜花终于醒了，头还是晕晕的，对于昨晚发生的一些事，她已经不记得了。怎么喝多的，怎么回家的，她都忘了。唯一没忘的是之前牛大强对自己的不轨行为。想到这儿，她就怒火中烧，恨不得将牛大强碎尸万段。

陈鲜花起来，准备洗个澡，走出卧室，正看到牛大强在餐桌前坐着。桌上，摆满了早餐。

看到牛大强，她就有气，说："你怎么还在这儿？"

"有事想和你谈谈。"

"和我谈谈？好笑，你配吗？你不就那点事吗？想离婚？门都没有，我是看出来了，当初你那么爽快答应结婚，原来是为了离开那个破山沟，调到大城市，调到机关。现在愿望实现了，你就想离婚。牛大强，你也不撒泡尿自己照照，如果我不是为了父母结这个婚，你连认识我的资格都没有。"陈鲜花一顿猛烈的训斥令牛大强面色难看，但他心里已有所准备，毕竟人家陈鲜花没去告自己就已经不错了。

“陈鲜花，这个婚必须离。不离对你我都没有好处。”

“呵呵，你就等着吧！”

牛大强看陈鲜花应该不会寻短见了，还有跟自己较劲的成分在里面。他觉得陈鲜花应该没事，于是，就上班去了。

年底前，牛大强的人生又迎来了事业发展的一次好机会。

从N师师部调到了K军司令部，任副营职参谋，也算是从长沙郊区调进了市区。并且，他还去北京某军事院校进行三个月的培训。

刚好可以暂时离开陈鲜花一段时间，等培训回来后再谈离婚的事。其实，陈鲜花哪里知道牛大强为什么离婚！牛大强当时都不愿意调到机关工作，他就想在山沟沟里与郝美丽待一辈子。离婚也是为了和郝美丽在一起，对于城市，对于发展他并不在意，他在意的是郝美丽，以及郝美丽的爱。

这不，没到北京多久，他就赶紧给郝美丽打电话，告诉她自己的情况，也希望郝美丽来北京看他。

郝美丽接到牛大强的电话后，当然很激动。如果如实告诉妈妈徐满娘，徐满娘肯定不会同意，唯一的办法就是先斩后奏，去了再说。

郝美丽第二天就走了，到了火车站后才给徐满娘打电话，说自己几个同学一起出去玩玩，过几天就回。徐满娘接到电话后，气不打一处出，在电话里就把郝美丽臭骂了一通。骂归骂，骂完了还得哄，生怕郝美丽出什么事。

因为买火车票又急又晚，连个坐票都没买到，郝美丽硬是从长沙站了十几个小时到了北京西站。

爱情的力量如此无穷，为了自己心爱的人，什么都可以，再苦都是甜，也许这正是爱情的魔力所在吧！否则，爱情两个字就不会影响着一代又一代的人们，直到几千年后的今天还是那样光彩夺目。

牛大强终于等来了日思夜想的心上人郝美丽，郝美丽也终于见到了朝思暮想的心上人牛大强。在北京，他俩终于又可以得到对方的爱了。

十四

在幸福的时光里，三个月比一秒钟还快。正如痛苦的时候，一秒钟可能都比一年还长。

牛大强在北京培训，郝美丽就在军校不远处找了一份餐厅服务员的工作。虽然只有周末才能见面，但他俩却非常满足。

三个月后，牛大强回到了长沙 K 军军部上班，郝美丽则硬着头皮回到了小卖店里。

在牛大强的心里，眼前最大的事情就是尽快与陈鲜花离婚。他知道，自己根本配不上陈鲜花，陈鲜花也看不上他。

一天，牛大强下班后回到位于长沙烈士公园旁边的电梯房里。

陈鲜花不在家。于是，牛大强就想进她卧室看看，谁知，房门已锁。

正在牛大强找钥匙的时候，陈鲜花回来了。陈鲜花进屋后，问牛大强找什么，牛大强说没找什么。陈鲜花把包和随身物品放好后，要牛大强到客厅来，说有事。

什么事？难道是同意离婚了？牛大强心想。

然而，陈鲜花并未提离婚的事。而是问他三个月前的那个晚上牛大强是不是对自己做了什么。

牛大强赶紧摇头否认，说什么都没做。

“牛大强，你不要骗自己了，做没做什么？你心里最清楚。我现在不是追究你做没做，而是问，那点事对你们男人就那么重要吗？”陈鲜花问。

“那点事？什么事？”牛大强揣着明白装糊涂。

“哼，不知道？”算我没问。陈鲜花嘴角一扬，露出了不屑一顾的笑。

“牛大强，这么说吧！我现在给你，你要吗？”陈鲜花说。

“你给我？我不敢要，怕你告我强奸。”牛大强有些质疑地说。

“不告你，一会儿你来我房间。三个月了，你憋坏了吧？”陈鲜花说。

这是什么情况？牛大强不知陈鲜花肚子里装的什么药。难道是陈鲜花受了什么刺激？

一个小时后，牛大强听陈鲜花卧室没什么动静了，就推门进去。门没有反锁，说明陈鲜花没说假话。

陈鲜花刚洗完澡，躺在床上，翻着一本时尚杂志。她并没有瞅牛大强。

牛大强厚着脸皮问：“真给我？”

“先去洗澡，我怕你弄脏了我的身体。”陈鲜花说话的时候依旧看着杂志。

牛大强不知道陈鲜花到底是什么意思，就迅速去卫生间冲了个澡。

当他再一次出现在陈鲜花面前时，陈鲜花已经侧卧在了床上，身上盖着被子。

不管陈鲜花是什么意思，但牛大强还是很兴奋的，激动地向床上扑去。

陈鲜花只穿了内衣，知道牛大强过来了，但她并没有理牛大强。牛大强看陈鲜花没反对，胆子又大了一圈，继续着下一步动作。而陈鲜花既不理他，又任由他。

十五

女人就是那么奇怪，牛大强感觉有些不可思议。

怎么可能呢？怎么可能会有这么大的变化呢？正当牛大强的“刺刀”要捅进陈鲜花的肚子的时候，牛大强突然停止了动作。

他觉得陈鲜花看都不看他一眼，一点儿也没意思，还好像陈鲜花受到了他的欺负一样。他的突然停止，令陈鲜花颇为意外，但陈鲜花依然没有看他，说：“你一定会觉得很奇怪吧？我就告诉你，这是你最后一次机会了。过了今晚，明天就离婚。放心吧！我不会告你的。”

牛大强听陈鲜花这么一说，心里突然觉得打倒了五味瓶。怔在那儿，不知道该怎么办了。

陈鲜花说：“你是不是男人，你不是很想要吗？”

听了这句话，牛大强再也控制不住了。

不知道是因为是最后一次了，还是因为牛大强心里对陈鲜花的愧疚，他竟然不是顾及自己的感受，而是完全为了陈鲜花。

他的动作特别温柔，他的抚慰极度体贴，他用尽全部知晓的“技巧”，卖力为陈鲜花“服务”，甚至对郝美丽都没这样好过。

刚开始，陈鲜花像一个不可一世的将军，目光所及之处空无一物，仰着头注视着窗帘布外。做这种事，她认为非常恶心，任何一个男人都不配接近她的身体，就更不用想进入她的身体了。

然而，牛大强这次温柔、体贴，再加上他强壮的身体让陈鲜花难以把持自己，这次这个神气得连自己都不敢相信是真的的陈鲜花“将军”，一个小时后，彻底败下阵来。

这不是她要的结果，却是她意外的收获。

她没想到会这样，她没想到牛大强那么厉害，她更没想到和男人做这种事会那么痛快，连自己都控制不了自己会不停地呐喊。那种痛快与羞愧的感觉占据了她全部的大脑。

接下来，牛大强与陈鲜花又“大战”了好几个回合，每次，牛大强都将陈鲜花送入飘逸的幸福云端。因为牛大强知道这是与陈鲜花的最后一次了，他也非常努力。

接连过去三天了，陈鲜花对离婚却只字不提。陈鲜花不是说第二天就去办理离婚吗？怎么接下来三天都不说话？牛大强又一次感到好奇怪。这女人，真搞不懂。

第四天晚上。

牛大强实在憋不住了，这回不是那事憋不住了，是他想知道陈鲜花不去离婚的原因，为这事憋不住了。

晚上，陈鲜花早早地洗漱完躺在了床上。

牛大强轻轻敲门进入陈鲜花的卧室，正准备张口。陈鲜花先说话了："我知道你要说什么，先去洗澡吧！"声音，比平日里温和了一万倍。

"又去洗澡？"牛大强哭笑不得。

但他还是冲进了卫生间，又冲出了卫生间。

洗澡，对牛大强这种男人来说，那只是一个形式。都说形式主义害死人，所以，对于形式的东西，牛大强认为能省就省。再说了，老家农村那么缺水，小时候一个冬天不洗一个澡。哪像长沙城，雨水充沛，湘江环城，最不缺的就是水。但从小养成的节水习惯，他倒一直没改。

当然，更重要的是有陈鲜花在床上等他。

十六

事物间的转化总是那么的神奇，人与人间的关系也是那么的微妙。不知道是谁曾说过"在政治面前，没有永远的朋友，也没有永远的敌人"。那么，男人与女人之间呢？

陈鲜花的变化已经充分地说明了一切。

看牛大强来了，陈鲜花竟然向床的另一侧挪了挪身，给牛大强腾地方。

一个小小的动作令牛大强信心倍增。当牛大强伸手去触摸她的时候，她却又把牛大强的手打开，说别碰我。但声音明显很温柔。

牛大强一看伸手不好使，就直接用他那富有魔力的舌头，扫荡一切。这回，陈鲜花真没拒绝，还翻过了身，用脸冲着牛大强，那眼神已泛出了迷离的光芒。

……

一夜的大战，令陈鲜花已经忘却了自己，嘴里还不停地呢喃着做女人真好的言语。至于与牛大强离婚的事，她彻底忘记了。她忘了，并不代表牛大强也忘记了。

牛大强可一直惦记着呢！不仅惦记着与陈鲜花离婚，更惦记着与郝美丽结婚。在他心里始终认为只有郝美丽是他的真爱。至于陈鲜花，再美再好都是鲜花，只能远观，不能近享。

只是，令牛大强万万没想到的是，从这以后，陈鲜花再也不提“离婚”两个字了。而所谓的最后一次，也仅仅是他与陈鲜花床上大战的开始。

接下来的日子里，陈鲜花对牛大强的态度发生了一百八十度的大转弯，还想着给牛大强买冬虫夏草、枸杞燕窝补身体。

陈鲜花的突然好，牛大强一点心理准备都没有。再说，他也不想占陈鲜花任何便宜，还和以前那样就很好。

但陈鲜花显然已经不是以前的那个陈鲜花了，而是现在这个离不开牛大强的陈鲜花了。

这可怎么办？牛大强又陷入了烦恼。与陈鲜花的婚一日不离，他心里就一日不安。

一天晚上，牛大强与陈鲜花大战三百回合之后，又提起了离婚之事。

陈鲜花先是没说话，后来她说：“大强，我不要和你离婚，我需要你。我会对你好，我爸也会对你好。现在我们俩那么好，还离什么婚啊？”

虽然人家陈鲜花说得在理，牛大强也依然要坚持离婚，他说：“离了好，我配不上你。”

“这样吧！我们俩都先冷静一下。离婚的事以后再说。”陈鲜花说。

十七

世事总是难以预料，计划总是赶不上变化。尤其像部队这样的武装集团，更是会有许多不可预知的任务。

就在陈鲜花不肯离婚，牛大强要离婚的时候，一个突然的军训任务空降K军。

作为K军司令部作训参谋，又刚经军校培训的牛大强责无旁贷。司令部首长也有在重大任务前以锻炼牛大强的意思，毕竟人人都知道他是K军陈军长的女婿。

这次军训任务有持续时间长、参训军兵种多、地域跨度大、全天候演练等特点。不仅K军上下十分重视，就连G军区、总部领导都非常重视。要知道，在没有战争的和平年代，军演是必不可少的，也是最能锻炼部队，提高部队作战水平，锤炼军人血性的。

牛大强接到任务后，第一时间告诉了郝美丽。因为这一走，就是大半年。在走之前，牛大强想见见郝美丽。然而，这距郝美丽从北京回来的时间并不长，正是徐满娘加强看管的最严时期，郝美丽说她不一定能出来。徐满娘多次质问，郝美丽都未曾说出一丝消息，虽然徐满娘觉得怪怪的，但她始终不知道郝美丽和谁好。

因为要跟陈鲜花离婚，又担心陈鲜花不同意，所以每当陈鲜花有生理需求时，牛大强都显得非常被动，甚至不愿意和她做那种事。但面对陈鲜花的缠绵，牛大强又很难拒绝。不过在这回在做那种事前，首先申明答应与他离婚，他才同意做。

事毕，牛大强把联合军训的可以让陈鲜花知道的告诉了她，如出去大半年时间。毕竟，保密纪律是每个军人要时刻遵守的。

听说牛大强要外出这么久，陈鲜花非常沮丧。这不，已经是早上了，又缠着要跟牛大强做一次。

为了让牛大强外出军训能吃好补好，陈鲜花在牛大强出发前给他准备了一箱子补品，希望牛大强补得壮壮的，永远是一头大公牛。

牛大强出发前，最终还是没能见到郝美丽，心中多少还是觉得有一点儿遗憾。也是因为这次没见到，更加坚定了他的一个想法。

十八

火热的军营总能给男人们无穷的力量。牛大强好久没有这感觉了，调到机关一年多了，天天穿常服，部队配发的那几身迷彩一直成了压箱底的角色。这不，这回要外出执行军训任务——代号为“南剑—8”的行动。终于可以穿上迷彩服了，也终于可以找回在基层连队当兵的感觉了。

能调到军部机关，是牛大强想都没想过的事情。

当初想找一个老家的城里姑娘，他也就是为了尽孝，同时也是为了从部队转业时能找份好工作。他知道，自己是从优秀士兵保送上军校的，第一学历是大专，在这唯学历论、唯第一学历本科论的时代，他在部队能前行的也就那几步，自己又没有所谓的关系。再说了，他既不善于拉关系，也不愿意拉关系。当兵就是奉献，哪有奉献还要找关系的？想想自己前十年的军营生涯，那么苦，那么累，有几个人能做到？能坚持？所以，他想，一旦部队不要自己了，就转业回老家。牛大强是孝子，他心里始终想着给父母尽孝。

现在既然调到了大机关，牛大强也就没有选择，唯一能做的就是好好干，对得起组织，对得起军部作训参谋这个身份。

一身迷彩的牛大强出发了，穿上迷彩服的牛大强显得格外精神。加上出发前夜陈鲜花千娇百媚的柔情，牛大强不精神都不行。

从长沙出发，辗转广东、广西、湖北、天津、河北、北京、甘肃七个省、自治区、直辖市。历经近八个月的“南剑—8”行动，牛大强既接触了各军兵种和总部领导，又长期和基层连队官兵在一起摸爬滚打。牛大强又一次找回了当兵的感觉。有时他甚至会想，其实当一辈子兵也挺好的，不用去想那些头疼的烦心事。只要搞好训练，瞄准打赢，带好兵就行了。

然而，走出去的脚步哪还能收回？

在这次执行“南剑—8”行动中，牛大强的军事才能又一次得到了显现。几次与诸军兵种合练，红蓝军对抗中，他都表现得非常出色。人送绰号“疯牛”，胆大心细，敢打敢拼，有勇有谋，沉着冷静。受到了K军司令部参谋长的赞赏。

在G军区召开的庆功大会上，他第一次有机会向自己的岳父——K军陈军长敬酒。

十九

如果是在一般的家庭，女婿想敬一下岳父，那是小菜一碟。有些岳父只怕女婿不敬自己。但牛大强与陈军长却不是这样。

军长与连长的身份不必说，这牛大强与陈鲜花的关系，大家都知道，他连个电话都不敢打。现在，牛大强天天闹着与陈鲜花离婚，他更是不可能。

所以，牛大强作为受表彰的代表，能与G军区领导、K军军领导共进晚餐，那也是莫大的荣幸。能给陈军长敬杯酒，当然也是既激动又紧张。

在庆功宴上，将军与士兵都喝了不少。军人们在一起喝酒，那喝的不是酒，是豪气，拼的不是酒量，是胆量。

就在大家推杯换盏的时候，牛大强怀着十分忐忑的心情举杯来到岳父——K军陈军长的面前。

看牛大强来了，陈军长的表情并没有任何变化。牛大强俯身向他敬酒时，他面色略显严肃，说：“大强，你知道当初我为什么看上你了吗？人品，我是看你为人厚道。俗话说，金杯银杯，不如口碑，官品钱品，不如人品。好好干，看好你。”

“是，首长。”一大杯53度雁峰大曲，牛大强一仰脖，就干了。至于牛大强与陈鲜花的私事，陈军长似乎并不知道。他当然不会知道，陈鲜花的铁律能跟谁说啊？陈鲜花现在又如此迷恋牛大强同样不能与任何人说。

当天晚上，全体受表彰官兵都住在G军区招待所，接下来就是休假。陈鲜花也在家里企盼着牛大强休假，但牛大强没休假。

牛大强为什么不休假呢？

因为牛大强一进家门，陈鲜花就要和他做运动，却又不肯离婚。牛大强无奈之下，只能选择上班，远离她。看不见人，陈鲜花又不停地打他手机。因为部队有规定，必须二十四小时开机。牛大强只能手拿手机，并将手机处于静音状态，晚上也不回家住。这下可真把陈鲜花急坏了。

反过来，牛大强又担心陈鲜花。第二天晚上还得回去。加上庆功宴上岳父陈军长讲的“人品”二字，也令他内心十分矛盾。再说，现在陈鲜花对自己又挺好的。尤其是那天晚上，陈鲜花流着热泪对她述说的那个不为任何人知道的秘密。

何去何从？牛大强非常苦恼。

二十

那是一个什么秘密，能让陈鲜花热泪盈眶呢？

那还是陈鲜花十一岁，上小学五年级上半学期时发生的事情了。

快临近暑假了，长沙城就像一个大火炉，行人走在大街上都专挑树荫底下走，坐在90年代没有空调的公交车上，则更有被烧烤的感觉。早上还好点，不仅温度低，上班族也穿得干干净净。可到了下午下班的时候，情况则大不一样。人挤人不说，全车的气味也令人窒息。就在这趟公交车上，陈鲜花与一妙龄女子坐在后排座位上。该女子穿着是典型的薄露透，显得凹凸有致。这也难怪，大夏天的，哪个女子不想展示一下自己曼妙的身材呢？谁不是能少穿点就少穿点呢？

就在陈鲜花坐上公交车不久，中途上车人不少，在陈鲜花和那妙龄女子的座位边，一个穿着背心和大裤衩的二十多岁、有点流氓气的男子挤到了她俩的座位旁边。

刚开始的时候，靠窗户的陈鲜花并没有感到什么异样，只是那个男的的眼光有点不正常，还时不时冲坐在外侧的妙龄女子抛个媚眼，低声试探性地说一些“小姐好漂亮，哥喜欢你”。可越往后，那话越不能听。陈鲜花和那妙龄女子都觉得不对劲，先是那妙龄女子准备起身换个地方。可就在此时，那个男的变态到当着妙龄女子和陈鲜花的面掏出了裤衩后面的那二两肉，就在妙龄女子的面前用手做起了活塞运动。

变态男的突然举动，令陈鲜花和妙龄女子不知所措。尤其是陈鲜花，赶紧闭上眼睛。那妙龄女子正准备要喊，就在她要张嘴的一瞬间，那变态男的眼神立马由淫秽变成了凶狠。以致妙龄女子张开嘴却没喊出来，再说，这种事也够丢人的。

最后，从变态男身体里掉出来的脏东西落了妙龄女子一身。那女子忍无可忍，吼道：“滚开，流氓!”而此时，那个变态男不仅不生气，还面带满足的笑。

趁机，陈鲜花跟着那女子赶紧下车。这事导致陈鲜花以后只要是公交车上的人多的时候她就不上车。并且，对某些事心里就留下了难以抹去的阴影。

一次这样的经历就够了，但凑巧的是，陈鲜花在暑假期间又遇到了一次类似的场景。这令陈鲜花心里不形成阴影都难。这也就成了陈鲜花日后厌恶某些事的直接原因，而这些事又没法对任何人说。这事，就连牛大强听后都非常生气，说：“竟然还有这样的变态！要我在现场非把那小子剁了不可。”当陈鲜花把这个秘密告诉牛大强后，牛大强对陈鲜花也更多了一份理解与包容。

但回到现实面前，牛大强经过艰苦的思想斗争，他必须作出选择，于是，他也把自己的一个秘密告诉了陈鲜花。

二十一

一天晚上，牛大强陪着陈鲜花大战三百回合后，稍作休息，就说出了自己与郝美丽的事情。他所指的秘密也就是这个。

的确，陈鲜花听完确实非常吃惊，只是令牛大强没想到的是，陈鲜花并不生气。

陈鲜花说："这件事太突然了，我得好好想想。"

"有什么好想的呢？我不离婚，根本过不去这道坎，希望你能同意。其他，我没有任何要求。"

"这样吧！我好好想想，一周后告诉你结果。"陈鲜花说。

"要那么久吗？"

"当然。"

这一周注定是非常令人忐忑不安的一周。为此，牛大强向陈鲜花告了假，说接到紧急通知，要准备又一个军演方案。

准备军演方案是真的，只是这次他又把郝美丽约到了长沙。

年底的长沙城，其实也挺冷的，由于室内没有暖气，室内与室外的温度差不多。作为西北汉子的牛大强，虽壮实，也有一股湿冷湿冷的感受。但想着马上就能见郝美丽了，他心里还是暖烘烘的。这回约郝美丽，他在心里作出了一个重要的决定。

如约，郝美丽来到了省城长沙。

由于加班，牛大强夜里回到宾馆已经很晚了。但郝美丽依然温柔似水，每次都是把最好的自己呈现给牛大强。

两个相爱的人久别重逢，都是一次品尝和分享爱的盛宴。只是这次，牛大强悄悄地省去了一个环节：没有做安全措施。

郝美丽全然不知，即便知道了，她也不会反对。因为郝美丽早就说过要给牛大强生一堆孩子。

一周的快乐时光很快就在床上滚过去了。

临走前的一个夜晚，牛大强告诉她，自己准备离婚，离婚后就去向郝美丽的妈妈徐满娘提亲。

原以为郝美丽听完消息后会很高兴，但郝美丽却并没有高兴起来。

她说不许牛大强离婚，她不能破坏了牛大强的前程和幸福。只要牛大强愿意，她可以一辈子不嫁人跟他好，还要给他生一堆孩子。再也不要像自己一样孤孤单单，没有兄弟姐妹。

面对痴情的郝美丽，牛大强真不知道该用什么言语来安慰，对于郝美丽，他只有更加地爱她才能抚平自己内心的愧疚。

郝美丽走了，把牛大强的心也带走了。

二十二

一周的时间里，陈鲜花思考了许多。有些事情，也该揭开答案了。

入夜，陈鲜花把自己和卧室都精心装扮了一下，她想给牛大强一些清新的感觉。

为了不至于影响双方的心情，牛大强也没有提离婚的事。他也知道，再急也不急于这一时半会儿。

现在，他和陈鲜花已经磨合得轻车熟路了。陈鲜花喜欢什么，陈鲜花多久有反应，他都非常了解。可能这也是陈鲜花不愿意离婚的一个重要原因吧！现在城里的上班一族，工作压力那么大，能找到一个舒服的释放、解压的方式太难了。只有这件事，可以令陈鲜花忘记一切烦恼。哪怕是一分钟，她也愿意，更何况还有那么强大的牛大强呢？

运动的过程中，陈鲜花没让牛大强做安全措施。牛大强有些迟疑，但陈鲜花说没事，说她最近一直在吃口服药。这样的运动效果会更好，她想和牛大强试一试。

事毕，牛大强因为太累了，正准备酣然入睡。陈鲜花又轻推了他几下，看他睡意正浓，也就不忍心再打扰了。

接下来的一周里，没有安全措施的他俩的确体验到了不一样的感觉。陈鲜花说她好喜欢这种感觉。一天完事后，牛大强准备提一下离婚那事。

陈鲜花知道他想说什么，于是就抢在他前面说了。陈鲜花将最近这些日子的思考全部告诉了他。

陈鲜花的想法是，可以离婚，但是有条件。方案一：第一不能公开，她不想让家人生气；第二牛大强与郝美丽结婚后，郝美丽不许来长沙；第三牛大强必须继续跟自己好。方案二：第一不能公开；第二如果牛大强与郝美丽结婚后要把她随军来长沙也可以，但必须跟郝美丽离婚，再跟自己复婚；第三可以对郝美丽好，但要有限度，且不许公开。并且最好还是不离婚，因为自己现在不能没有牛大强。她还让牛大强好好思考一下，难道他们的婚姻不幸福吗。

这就是陈鲜花这些天的思考，中心思想只有一个，无论如何都还要和牛大强在一起。虽然条件有些霸道，但最起码她退了一步，同意离婚了。

其实，在陈鲜花心里还有一个最重要的想法，就希望赶紧怀孕，生个孩子，通过孩子增加她与牛大强婚姻的筹码。她心里的底线是最好等生下孩子后再离婚，实在不行，就等怀孕后再离。而这一点牛大强则全然不知。

为了尽快怀孕，陈鲜花白天总是躲着牛大强，以各种理由推脱，说自己没时间去民政局办手续。而到了晚上，她又以各种理由缠着牛大强，早日实现她的造人梦想。

一天，牛大强突然接到 G 军区的紧急通知。

二十三

部队就是如此，你永远也不知道会有什么样的突然、紧急任务。

在部队待过的人都知道，在军一级机关，最小的领导要算各部门的处长了。不管司令部门，还是政治部门，处长以下的统称“虾参谋”“浪干事”。那说明了什么呢？说明参谋像虾米一样多，说明了干事像浪花一样多，说明了处长以下的都是跑腿的、干事的。牛大强就是典型的跑腿的。他才是副营职，离处级也就是团职，还有几个坡要爬。所以，他们这个年龄，他们这个职务，随时得做革命的一块砖，哪里需要哪里搬。

G 军区的紧急任务不是去打仗，而是为打仗做准备。为迎接明年上半年多国的跨国维和部队，以及反恐联合作战任务，他作为先遣指挥所的人员须进行前期接洽，熟悉情况。时间为一个月。

牛大强想在执行任务前把婚离了，但陈鲜花没同意，说等他回来再办。

这次任务是在境外 C 国进行的，动用常驻南方的 G 军区部队，总部领导的意图很明显。因为明年上半年在境外 C 国进行军演正是比我国东北还冷的地方进行，这是摔打锤炼南方 G 军区官兵的最好机会。

一个月的时间非常紧，具体事项特别多，牛大强几乎是五加二、白加黑的工作状态。虽然辛苦，但还是非常的充实。跟友军部队也学到了好多东西，如果把学习比作吃东西，那平时是吃面包，这一个月就是吃压缩饼干了。

在这一个月里，因为无法与外界联系。他也就干脆放下所有，抛弃一切烦恼，专心致志搞好相关工作，为来年的境外跨国军演打下基础。

时间因为充实而过得飞快。牛大强回国后的第一个电话就是打给郝美丽。

在电话里，牛大强兴奋地告诉郝美丽，自己会很快与她结婚。但郝美丽则反应平平，她不要牛大强离婚，要努力工作奔前程。她会一直爱他并支持他，还要为他生孩子。

原来，郝美丽怀孕了。这是一个令牛大强开心的好消息。他高兴得恨不得马上飞到郝美丽的身边，给她一个拥抱，听听小家伙的动静。

然而，牛大强回到长沙烈士公园旁边的电梯房时，给他一个大拥抱的则是陈鲜花。

陈鲜花的兴奋不是因为他一个月未见到牛大强，而是因为她怀孕了。她迫不及待地将消息告诉了牛大强。

听到陈鲜花怀孕的消息，牛大强并没有大笑开怀，而是微皱了眉头。

两个怀孕的消息，都是自己的孩子，却是不同的反应。

晚上，牛大强与陈鲜花做运动有些心不在焉。陈鲜花也明显感觉到了，但她并没有生气，而是告诉牛大强别有心理压力，从明天开始，随时可以陪他去民政局婚姻登记处办理离婚手续，只要牛大强愿意。只是那几个约法三章的条件请牛大强遵守。

面对陈鲜花说的这些，牛大强什么也没说，一直沉默，目光一直注视着窗台上那蓝色的窗帘。只是，他将陈鲜花搂得更紧了!

二十四

第二天早上，牛大强上班前告诉陈鲜花，过几天选个好日子，把事办了吧!

陈鲜花脸上没有太多的表情，显得非常平静，只说了一个“行”字。

为了能见到日思夜想的郝美丽，他请了假，专程跑了一趟老部队去找郝美丽。

为了表示诚意，他把自己和郝美丽的事都给徐满娘说了。徐满娘的表情先是惊讶，后是气愤，再是平静。她说：“大强，原来叫你大兄弟，现在我真不知道该怎么叫你了。我的情况你都知道，我就这么一个姑娘与我相依为命。如果你们俩真好了，我也高兴，我知道你的人品，但你要答应我，一定要对美丽好……”

“好的，请放心，我肯定会对美丽好……”

当天晚上，牛大强就住在了徐满娘家，但并没有与郝美丽住一起，美丽是陪着她妈一起住的。对于牛大强离婚与自己好，美丽始终没答应。她总说自己配不上牛大强，更不愿意破坏了牛大强的幸福婚姻和大好前程。不过自己会始终爱牛大强，会把孩子生下来。哪天大强在外面累了，就随时欢迎他回家……

牛大强告诉美丽，不管美丽同不同意，他都会离婚的。他不要什么幸福婚姻，他只要他的爱人——郝美丽。

第二天清早，牛大强就接到K军军部值班室的电话，某邻省昨夜突发强震，须立即返队。

与徐满娘母女匆匆告别，牛大强即返回部队。

在K军司令部办公室，少将参谋长紧急宣布了抗震救灾命令，牛大强作为军指挥所人员，随军救灾第一梯队进驻地震灾区。

牛大强是K军司令部出了名工作狂，绰号“疯牛”，在军指挥所的车队里，他的迷彩猎豹走在最前头。

一天的急行军，傍晚才到达地震灾区的中心地带。该省山路本身就不好走，加上震后路乱，余震不断，为了在指定的时间到达指定的地点，牛大强的头车一直向前向前。

突然，一颗巨石从天而降，冲向了正在前行的头车，那辆车正是牛大强担任带车干部的迷彩猎豹。

牛大强还来不及想一下郝美丽，也来不及想一下陈鲜花，就随车，滚下了山崖……